TO

死にたがりの完全犯罪と祭りに舞う炎の雨

山吹あやめ

TO文庫

目次

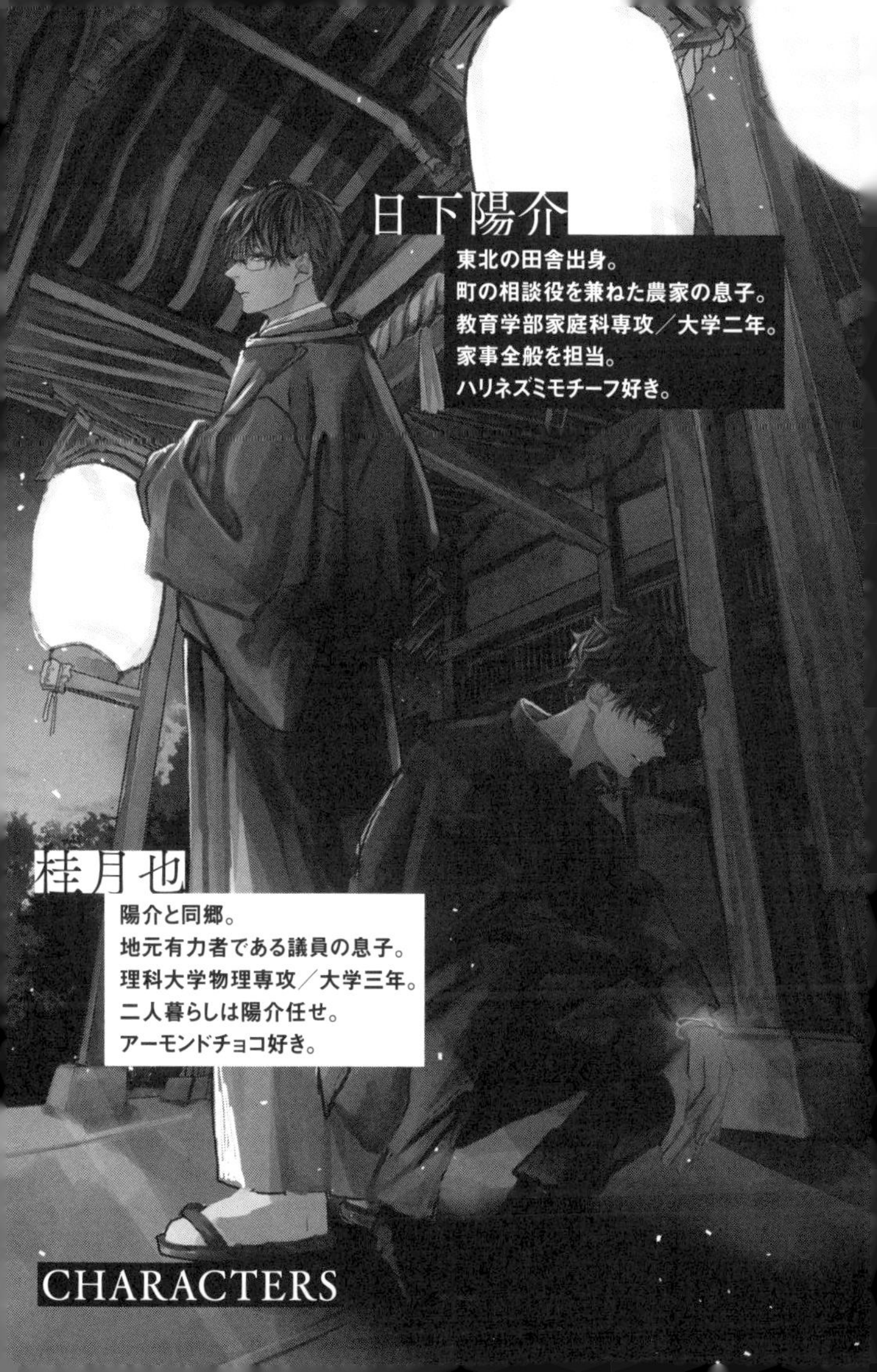
日下陽介
東北の田舎出身。
町の相談役を兼ねた農家の息子。
教育学部家庭科専攻／大学二年。
家事全般を担当。
ハリネズミモチーフ好き。
桂月也
陽介と同郷。
地元有力者である議員の息子。
理科大学物理専攻／大学三年。
二人暮らしは陽介任せ。
アーモンドチョコ好き。
CHARACTERS

プロローグ

遠雷が聞こえた。

二階のベランダまで背を伸ばす紫陽花《あじさい》も、いくらか元気をなくしている。それでも去年より長持ちしているように感じるのは、今年はまだ梅雨が明けないからだろうか。

七月二十三日。

錆び付いた落下防止柵に寄り掛かり、スマホを右の耳に当てていた日下《くさか》陽介《ようすけ》は、べっこう色の眼鏡を押し上げた。梅雨が続いていると言っても、七月も下旬となれば気温は上がる。どうしようもなく鼻筋には汗が浮いた。

また、遠雷が響く。

梅雨であっても、夕立は来るのだろう。その前に、洗濯物を取り込んでしまわなければ……ぼんやりと考える耳元では、母がぶつぶつと文句を言い続けている。

「だから、帰らないって」

お盆の帰省についてはもう三度目だ。陽介はうんざりとした気持ちを眉間にこめる。そしてまた、母の小言はループを始めた。

どうせ大学生は暇だろう。新型感染症のせいでバイトだってできていないだろう。無駄にダラダラしているくらいなら、こっちを手伝ってほしい。先日の豪雨被害の片付けも、祖父と父だけでは手が足りないようだ。

『陽介ば日下のお兄ちゃんなんだすけ――』

「へばね、おれ用事あるから」

母の言葉に現れた「兄」という単語に、陽介は通話を強制的に終わらせた。ため息をつき、耳元からスマホを離す。なんとなく見た画面には、先月できたひび割れが残っている。その筋を辿るように汗が広がっていた。

もう一つ、陽介は深く息を吐き出した。

体内に熱がこもっている。蒸し暑さのせいか、それとも、否応なく押し付けられる「日下家長男」の呪縛を思い出したせいか。

熱がどんよりと重みを伴って嫌な汗をもたらしてくる。陽介はさらにため息を重ねて、築三十年を超えるボロアパートのベランダには不釣り合いの、アイアンテーブルへと手を伸ばした。

前代未聞の緊急事態宣言に奪われたゴールデンウィーク。暇潰しに行われたベランダ改造計画によって置かれたテーブルの上で、麦茶を入れた黒いマグカップはすっかり結露に濡れている。その向こうで改造計画を実行した同居人、桂月也《かつらつきや》は、呆れたように加熱式タバコの煙を吐き出した。

「電話なんて無視すりゃいいじゃん」

「そうですけど……」

陽介は勢いよく麦茶をあおる。半分以下にまで減らして、さらに息を吐き出すと、体内の熱もようやく落ち着き始めた。

「どんな用かは気になるじゃないですか。不幸事だったりしたら困りますし。僕は別に、あの人たちに死んでほしいわけではないですから」

先輩とは違って、と口の中で呟いて、陽介は月也の対面に腰を下ろす。テーブルとセットのアイアンチェアは、黒という色のせいか、蓄えた熱を背中に伝えてきた。

「俺とは違って、か」

左の指にタバコのスティックを挟んだまま、月也は白いマグカップに手を伸ばす。飲むわけではなく、カラカラと氷を鳴らして遊び始めた。

「違うから邪魔されたんだよなぁ。せっかく完璧な復讐と自殺方法考えたってのに」

「まだ根に持ってるんですか」

なんとなくまねて、陽介も氷を鳴らしてみる。月也のカップよりも高い音が響いた。

「まだって、死に損ねてからまだ、ひと月ほどですけどね」

「そう、ですね……」

そうだ、と陽介は手を止める。マグカップの中、すっかり丸くなった氷を見つめた。

あれから――スマホがヒビだらけになってから、やっとひと月が過ぎようとしている。

今思い返すと、よく止められたものだ。考えてすぐ、陽介は眉を寄せた。

（止められたわけじゃないか……）

月也はこうして、今も思考パターンを変えてはいない。「完全犯罪」を望み、自ら死んでしまうことを、今も考え続けている。

両親を殺す方法を、探し続けている。

愛されなかった代償として……。

「そうそう先輩」

自分でもわざとらしいと思いながら、陽介は話題転換にスマホを操作した。スキル販売サイト「スキル∞むすび」の専用アプリを起ち上げる。

「依頼をくれた『三男坊』さんですけど、相談日程が決まったんです」

「お前、それ本当に受ける気？」

「え。何か問題ありましたか？」

依頼内容はまだ詳細には伝えられていない。けれど、どんな奇妙な相談も引き受けてきたのが、販売スキル「理系探偵」だ。

科学的思考、ロジックで、日常のちょっとした謎を解き明かす。

答え合わせをすることよりも、依頼人が納得できるような「考え方」を提示することの方に重点を置いている。

そんな「理系探偵」を始めたのも、新型感染症がきっかけだった。閉じこもる以外の道が絶たれた大学生活の、暇潰しと小遣い稼ぎとして。理系を名乗ったのは、探偵役の桂月也が理科大学物理学専攻だからだ。

探偵としてのキャリアは三か月程度。まだ日が浅いと言える理系探偵を三男坊が頼ってきたのは、一昨日の晩のことだった。こちらの都合も考えず、『今すぐ話を聞いてくれ！』と依頼メールを送ってきたけれど、月也はバイトから戻っていなかった。

助手として陽介は、先に依頼内容をメールしてくれるとスムーズだと伝えた。それを三男坊は一言だけで済ませ、通話のためのスケジュール調整を急ぐように要求してきた。

それほどまでに、三男坊は「直接話すこと」にこだわったのだ。

文字だけで伝えることができないほど、複雑で厄介な事件ということなのだろう。そう考えれば、月也が依頼に対して消極的になる理由にはなるかもしれない——思ってすぐ、陽介は考えを否定する。

完全犯罪を目指す桂月也なら、難しいほどやる気になるはずだ。それを解き明かすロジックを見つけ出すことは、頭脳を試し、鍛えることになるのだから。

けれど、白いマグカップを揺らす彼にはどうも、気掛かりがある様子だった。

「俺は問題ねぇけど……」

言葉尻を麦茶と一緒に呑み込んで、月也は暗い目を伏せる。悪魔のような印象を与える黒い癖毛が湿った風に揺れると、まっすぐに陽介を捉えた。

「条件が一つ」

「なんですか？」

「お前は口を開かないこと。できることなら同席しねぇでほしいけど……」

「それは無理です。先輩は監視しとかないと危険ですから」

陽介は、ふん、と鼻を鳴らす。探偵であるはずの月也は、どうしたって犯罪者であろうとする。そのため、止める人がいなければ、依頼人を追い詰めようとさえするのだ。

月也は苦笑すると、マグカップを置いた。陽介と同じ田舎町、農家ばかりのあの町出身とは思えない白い指先で、加熱式タバコに新しいタバコをセットし始める。

「じゃあせめて、黙っていられるように頑張りな」

「まあ、先輩が真面目に探偵してくれるなら」

「約束はしねぇ」

えー、と陽介は口を尖らせる。月也はケラケラと笑うと、じっとりと重い空に向かって煙を飛ばした。

「まあ、陽介のためだから」

「僕の？」

月也はもう答えない。代わりのように、遠雷が響いた。

夕立が迫っていた。

第1話　思い出の中のクオンタムキャット

依頼人「三男坊」とのアプリを使った通話相談は、月也のバイトが休みで、三男坊にとっても都合がつく木曜日、午後九時半からを予定していた。

それまでの時間を潰すように、居間の液晶テレビはニュースを映し出している。内容はそっちの方が日常になってしまった、新型感染症関連ばかりだ。

『昨日はとうとう、岩手県でも感染者が――』

男性キャスターが神妙に顔をしかめた。感染症と共に始まったような二〇二〇年が半分過ぎる中でも、陽性者は出さないことを誇りとしていた岩手県。だからこそ、感染症のあおりを受けた観光業を救済しようとしたＧｏＴｏトラベルキャンペーンで、最も安全な行き先として目を付けられてしまったのかもしれない。

昨日、七月二十九日で、日本の感染地図から白い場所がなくなった。

『全国の感染者数も千人を越えましたし、ＧｏＴｏトラベルは――』

時期尚早だったのではないか。アクリルパネルで仕切られたスタジオで、コメンテーターが政策に疑問を投げかける。それを受ける視聴者の月也は、シャワーに濡れた毛先から雫を落としながら臙脂《えんじ》色のソファに座った。

「どうにかなんねぇもんかな」

「僕としてはその頭をどうにかしてほしいですけど。珍しいですね、先輩が政治に口出すなんて」

洗面所から持ってきた真っ白なタオルを頭にかぶせてやり、陽介は首を捻る。代々政治家としてあの町に関わってきた「桂」の跡取りとして、月也は政治を毛嫌いしている。そんな彼が、政策についてもらすのは珍しかった。

「いや。ＧｏＴｏはどうでもいいんだけど」

タオルを載せられても拭くことをせず、月也は不満そうにテレビを睨む。映し出されているのは日本地図。都道府県別感染者数だ。

「ニュースとかってさ、いっつも『感染者』って言ってるけど。正確には陽性者と感染者は同じじゃねぇだろ。陽性だからって感染してるってわけじゃねぇのに、同義語みたいに言われてもなぁ」

「え、違うんですか？」

「……お前もかよ」

呆れた様子で月也は笑う。せっかくのタオルもむなしく、前髪から水滴が落ちた。部屋着にされた高校時代のハーフパンツに、水滴は円形に広がっていく。

エアコンが効いていたなら、そんな水の一滴も冷たく感じたかもしれない。けれど、ここでは扇風機が首を振るばかりだ。節約をモットーにする二人は、どうしても眠れない熱帯夜以外、極力エアコンの使用を控えている。

「陽性と感染は違うんだよ、陽介くん。まあ、俺も専門外だから詳細に語れるわけじゃねぇけど」

そう言う月也は「理系探偵」を名乗る理科大学生で、宇宙について研究する情報物理学を専攻している。それだけなら確かに、生物、感染症学とは無縁だ。けれど、彼のアルバイト先が特殊だった。

ＰＣＲ検査センター。

新型感染症の流行と共にその名も広まっていったＰＣＲ検査。それを専門とする民間施設で、月也は仕事を与えられている。とはいえ、臨床検査技師の資格を持たない彼は、周辺の雑務をこなしているだけらしい。

「ざっくり言えば感染ってのは――」

「その話、たぶん長くなりますよね。お茶用意するんで待っててください」

政治には無関心の月也も、理科となれば饒舌に語る。家庭科教育専攻とはいえ、教育学部に籍を置く陽介としては、その雑学に興味があった。いつか、生徒との会話のきっかけになるかもしれないのだ。

何より、月也の雑学を聞くのは昔から――高校時代からの習慣でもあった。

（そういえば、ズボン一緒だ）

マグカップに麦茶を注ぎながら、陽介はたまらず笑う。

同じ高校出身なのだから、体操服のデザインが同じなのは当たり前だ。それを揃って部屋着にしてしまったのも、同じ目的があるからだろう。

節約。「家」を厭う以上、親の支援は受けない。

ルームシェアも、感染症のせいで見通しが立たなくなってしまったとはいえ、バイトを掛け持ちしていたのも、全ては「家」との関わりを絶つためだ。

月也などは、学費免除まで獲得している徹底ぶりだ。陽介にはそこまでの才能はなかったし、着信があれば気になってしまう優柔不断な部分も残ってはいるけれど。

首都圏のボロアパートで、こうして二人暮らししているうちは、煩わしい家のしがらみから、解放されていると思えていた。

「なんか、科学部の合宿みたいですね」

白いマグカップを差し出すと、月也はパチパチと瞬いた。その視線が陽介のハーフパンツを捉え、納得したように自身のズボンに向く。合宿などしたことはない、などと野暮なことは言わず、月也は立ち上がった。マグカップを受け取らなかった手に、加熱式タバコを用意する。

「さすがに高校ん時はタバコ吸ってなかったけどな」

「そうだったんですか？」

「俺、これでも法律遵守するタイプなんだけど？」

胡散臭い笑みで月也はベランダへと向かう。頭に載ったままのタオルがひらひらと揺れた。陽介は、扇風機やテレビを消してから追いかける。開け放したままだった窓の向こうは、室内と変わらず蒸し暑かった。

　すでに、タバコのにおいが広がっていた。

「そんで感染ってのはさ、細胞内にウイルスが入り込んだ状態を言うんだ。増殖できる状態とも言えんのかな。対して陽性ってのは、あくまでウイルスが見つかったってだけで、それ即ち感染ってわけじゃねぇんだけど。容易に区別できるもんでもないから、陽性者数が感染者数って扱いになってんだろうな」

「じゃあ、報道されているほど感染者がいるってわけじゃないんですね」

「楽観はしない方がいいだろうけどな」

　陽介からマグカップを受け取りつつ月也は頷いた。ひらり、とタオルが落ちかける。ちょうど空いた手でキャッチして、陽介はアイアンテーブルを向いた。

「そもそもPCR検査が正確とは言いにくいから」

「検査なのに？」

「ああ。PCR検査っつーかPCR法はあくまで、DNAを調べやすくするための下準備みたいなもんだから。それが感染症検査に使えるのは、PCR法で増やした検体のDNAを、今分かっているウイルスの遺伝情報と照合できるからで。あ、新型感染症はRNAウイルスだから、DNAにするための逆転写作業も必要なんだけど」

「………」

陽介は手の中の白いタオルを見つめたまま眉を寄せる。ＲＮＡやＤＮＡは高校生物で習ったけれど、遺伝関係ということ以外は思い出せない。記憶の中のおぼろげな知識を手繰ろうとすれば、今度は別の記憶が邪魔をしてくる。

ＤＮＡ鑑定。

生物学ではなく物理学を専攻する月也が、ＰＣＲ検査センターで働くきっかけとなったのが、ＤＮＡ鑑定を依頼したことだった。それによって暴き出された「血の真実」が、完全犯罪の「切り札」だ。

ひと月前――

あの田舎町で月也は、完全犯罪を実行しようとした。彼自身の「死」も含む罪を犯そうとした。

陽介の言葉によって、月也はいつものベランダに帰ってきたけれど。この日常は、スマホに残るひび割れのように脆いものでもある。

（諦めたわけじゃないからなぁ）

月也はただ、執行猶予を設けただけだ。

大学を卒業するまで。完全犯罪の切り札は、切るタイミングを変えただけに過ぎない。

「問題は。ＰＣＲ法はＤＮＡを増幅させるって点なんだ。だから、ほんの欠片でも新型感染症の遺伝情報が付着していれば、それを何倍にも増やして、陽性って結果を出しちまうわけなんだよ。ウイルスの死骸だって構わない。それくらい曖昧なもんなのに、陽性者イコール感染者ってのけどうにも腑に落ちないんだけどねぇ」

「……現状は仕方ないか」

「そうそう」

座ることも忘れてタオルを見つめていた陽介は、え、と振り返った。頭の中で呟いたつもりだったのに、口に出てしまっていたようだ。気恥ずかしさと、思考を読まれたのではないかという戸惑いから、月也の視線を探る。彼は不思議そうに瞬くばかりだった。

「だって、仕方ないだろう？」

「……そうですね。だからって現状に甘んじて、考えることをやめたくはないですよ」

会話が噛み合っていないのをいいことに、陽介は微笑んだ。

たとえ今は、執行猶予を得られただけなのだとしても。それでも、考える時間があるというプラスは活かさなければならない。「その時」までに変えていけるように。

死にたがりが、完全犯罪に頼らなくても生きていけるように――

「考えるってもなぁ、俺の専攻は宇宙なんだけど」

噛み合わないまま、月也は最後の煙を吐き出す。星の見えない湿った空に溶けていくそれを見届けて、陽介はノイアンチェアに腰を下ろした。黒いマグカップを置いてから、タオルを畳む。なんとなくその上にスマホを置いた。

「そろそろ約束の時間です、理系探偵」

「んー……」

どうにも気が乗らない様子で、月也も室外機のそばのチェアに腰掛ける。白いマグカップと加熱式タバコを脇に置くと、短く息を吐き出した。

「本当にやめなくていいんだな」

「くどいですね。そんな変な依頼でもないと思いますけど」

陽介は念のために、依頼文を表示してみる。


【ニックネーム　三男坊さん】

私からの依頼はとてもシンプルなんです。

彼女の別れの言葉の意味を知りたい。たったこれだけ。

これだけですが、分からないままなんて、気持ちが悪いでしょう？　だから、できるだけ早急にライブ通信をしたいんです！　次の恋に進むためにも！


「やっぱり、変な依頼でもないですよ。別れ話のあとっていうのはネックですけど。もしかして先輩、愚痴の聞き役にされるかもって警戒してます？」

「それもないわけじゃねぇけど……お前さ、少しは自分のことも見た方がいいぞ。自分自身だってちゃんと観測しないと――」

月也を遮るように、アプリが着信を告げた。

きっかり九時半。

依頼人はシステムエンジニアということだったから、数字を気にするタイプなのかもしれない。相談時刻が夜になった理由も、職業の影響だった。新型感染症によって急速に進むテレワーク化、その対応に忙しいのだという。

『本日はどうぞぉ、よろしくお願いします』

サウンドオンリーの三男坊は、ふくよかな印象を与える落ち着いた声をしていた。先入観・バイアスは排除しなければと思うけれど、どうしても陽介は「下の子らしい甘ったるさ」を感じてしまう。

（当たり前に、きょうだいを頼ってきたんだろうな）

ざらついた気持ちを流すように、陽介は麦茶をすすった。それでも一方的な思考は続いていく。偏見はいけないと冷静になろうとしても、「兄」として生きてきたこれまでが、ノイズとなって入り込んできてしまう。

依頼人は「三男坊」だから。兄という、面倒ごとを任せてしまえる存在がいたから。頼ること、助けてもらうことを当たり前にしてきたに違いない。だから、別れの言葉の意味すらも、自分で考えようとしないのだ……。

「それで、彼女が残した別れの言葉とは、そんなに奇妙なものなのでしょうか」

月也が「素」を隠した他人用の敬語で問いかける。カサカサとビニール袋がこすれるような雑音を立てながら、三男坊は『そうなんです』とたぶん頷いた。

『Ψ《プサイ》の一文字だけなんです』

「プサイとは、ギリシャ文字の？」

　月也の暗い目に光が宿る。それはさすがに奇妙かもしれない。三男坊が依頼してきたのも無理はないと、陽介に受け入れる気持ちが生じ始める中、月也はタオルの上からスマホを持ち上げた。

　Ψ――そのたった一文字が、真理だったかのように。

『ああ、やっぱり理系だとピンと来るんですね。ギリシャ文字って理系の方が馴染み深そうですもんね』

「確かにぼくはよく目にする方ですが、一概にそうとも言えないでしょう。文字である以上、文学的に精通している方の方が慣れ親しんでいるかもしれません」

『あーそっか。そうですね。でも、彼女の残したΨは、理系的でいいんだと思います。だからこそ、理系探偵に依頼してみたんですし』

　三男坊の声に紛れ、プシュ、と気の抜ける音がした。おそらく炭酸飲料だ。音だけでは酒かジュースかの判断はできなかった。

　どちらにせよ、陽介は暢気《のんき》な印象を受ける。

（時間的に晩酌《ばんしゃく》かな）

　メール文では急いでいたくせに、結局は片手間の依頼なのか。真剣みに欠ける三男坊に対して、陽介は「兄」としてのノイズが再び強まるのを感じた。呑み込んでやり過ごそうと麦茶をすすり、眉を寄せる。成人男性二人の晩だというのに、ここには発泡酒の一本もない。全ては節約のためというのが、余計に腹立たしかった。

『理系探偵なら分かりますか、Ψの意味』

「さすがにそれ一文字だけでは……彼女がそれを告げるに至った経緯を詳しくお聞かせ願えますか。そうすれば、より詳細に意味を捉えられるかもしれません」

『ええ。もとよりそのつもりでしたから』

今度は、ぱか、と軽い音がする。仕事上がりだとすれば、晩酌よりも夕飯なのかもしれない。陽介はつい、一人暮らしのテーブルに並ぶコンビニ弁当を想像してしまった。

音を立てて炭酸飲料をすすり、三男坊は語り始めた。

『きっかけは、一番目の兄さんの離婚だったんです。結婚してまだ、半年くらいだったんですけど。新型感染症に対するスタンスで揉めちゃって』

長兄はタチの悪い風邪程度に考えていて、妻は神経質に捉えていた。危機感の違いは妻にとって、相当のストレスだったようだ。離婚届とアルコールジェルだけを残し、妻は突然実家へと戻ってしまった。

『私もちょっと、兄さんは楽観的過ぎるとは思うんですけど』

一言付け足す三男坊の声は、もごもごとくぐもっている。「食べながら話すな」と思わず口走りそうになり、陽介は慌ててマグカップの縁を噛んだ。

口を出さないこと。それが、月也との約束だ。

その真意は、まだ分からないけれど……。

『兄さんを励ますために、二番目の兄さんがマッチングアプリを勧めてきたんです。ついでだから私にもって。感染症のせいで出会いもないですから、こういうので楽しむしかないだろうって』

「そこで、例の彼女と出会ったわけですね」

月也はスマホをタオルの上に戻すと、新しく加熱式タバコをセットする。吸い殻は、百円ショップの安っぽい携帯灰皿の中に押し込まれた。

『はい。出会い系といっても生々しいものではなくって。匿名で、気軽に会話を楽しむようなサイトで。男女関係なく友だちを作ろうってコンセプトでした。まあ、そこから交際に発展しても運営は関与しない感じですね』

そこで三男坊は、理科に興味のある女性を探したという。初恋の相手が理科の先生だったから、とおそらくサラダをシャキシャキ言わせながら語った。

『初恋っていいと思いませんか？』

同意を求める声は、妙に自信たっぷりだ。否定されることを想定していないのだろう三男坊に、陽介はどうにも胸がもたれるような気がする。さっぱりとした麦茶を口に含んでも、むしろもやもやと広がるばかりだった。

「なるほど。それでΨを理科限定で考えたんですね」

初恋云々を払い飛ばすように、月也はスマホに煙を吹きかける。三男坊は無視されたことをどう思ったのか、しばらく何かを咀嚼していた。かと思えば小さな悲鳴が上がる。

「どうかされましたか」

『あーちょっと。ソースが飛び出してきて……どこからでも開けられるって嘘じゃん』

どうやらシャツが汚れたらしい。ぶつぶつ文句をもらしていた三男坊は、新しいシャツを買うことを決めたようだ。あまりにマイペースで、陽介はたまらず頭を抱えた。

『せっかくだし、ブランドもの買っちゃおうかなぁ。どう思います？』

「……すみませんが。こちらの時間も有限ですので、Ψに関する話を続けてもらえないでしょうか」

『え？　ああ、そうでしたね！　ちょうど新しいシャツも欲しかったんですよぉ。ＧｏＴｏで着ていこうかなって。あ、さっさと注文しないとお盆休みに間に合わないなぁ』

カタカタ、とパソコンを操作する音まで混ざり始める。ここまで陽気に話の腰を折れるということは、炭酸飲料はアルコールだったのだろう。ＧｏＴｏトラベルを楽しみにできるということは、都民でもないようだ。

「………」

いい加減にしてほしい。陽介は口を開きかける。月也の人差し指が封じなかったら、きっと三男坊を怒鳴りつけていただろう。

――だから。

月也は声を出さずに語ると、ハーフパンツから彼のスマホを取り出した。外出と就寝時以外のほとんどは、ソファの溝に放っておいているというのに珍しい。

【受けなきゃよかったんだよ】

メモ帳アプリに、さらさらと文字を並べた。ゴシック体は、からかっているような印象を陽介に与えてくる。

【三男坊って時点でバイアスかかるんだから】

【別に】

【観測しないから】

【何を】

【日下陽介】

【？】

【長男（笑）】

文字の通りに月也はケラケラと笑う。無音の笑みに、陽介は深く息を吐き出した。

やっと、月也の意図が分かった。

家父長制が色濃く残る田舎の農家で育った陽介にとって、兄弟順はストレス源だ。長男であるというだけで家督を押し付けられ、未来を決定づけられる。「日下のお兄ちゃん」であることを嫌っている陽介にとって、「三男坊」はそれだけでもう気に食わないのだ。

たとえ、社会人だとしても、大学生よりも経験豊富な年長者だとしても。

生まれ順のバイアスに呪われてしまっている。

だから「口出しするな」だったのだ。自分の苛立ちを観測しないで、感情のままに口走っていたら、相手を不愉快にさせただろう。そして陽介も、自己嫌悪に陥っていたに違いない。

——先輩。

声を出さずに呼びかけると、三男坊が戻ってきた。

『ああ、すみません！　三毛猫さんの話の途中でしたよね。ついシャツ探しに夢中になっちゃって！』

「……三毛猫さんとは？」

『え。彼女ですよ。いや、元カノなのかな。ん、でも、彼女でもないかもしれません。アプリでトークしてただけだし、会ったのは一回だけで。あ、昼ですよ。彼女が選んだイタリアンレストランでランチしただけですから、変な想像しないでくださいね』

「分かりました。その三毛猫さんという方が、Ψという別れのメッセージを残したわけですね。理系らしいことは伺いましたが、他に何か、三毛猫さんの人柄につながるような特徴はありませんでしたか」

『不思議な魅力のある人でしたよ』

三男坊は未練を隠すことなく、甘い吐息をもらした。

『決して声を聞かせてくれなかったから、尚更でした。直接会ってもスマホを使った筆談で。でも、声が出ないわけじゃないらしくって。自分の声が嫌いだって言うんです。そう言われると、かえって気になりますよねぇ。どんな声だったのかなぁ、三毛猫さん』

「声……」

月也は白い指先をスマホの上で滑らせる。【どう思う？】。文字の問い掛けに、陽介は麦茶の氷をカラカラ鳴らしながら首をかしげた。

【情報不足】

「三毛猫さんの声について、三男坊さんは他に何か、思うところはありましたか？」

『んー、結局聞けなかったからなぁ。声は分かりませんけど、ストールのことなら覚えてます。サマーストールって薄手のやつで。クリームソーダみたいなグラデーションが、彼女の明るいショートヘアによく似合ってました。首回りが華やぐ感じで』

【首元↓喉を保護してた？】

【眼鏡】

二文字のあとに続くのは「曇ってるぞ」だろう。指摘されて気付くのは、確かに曇っている証拠だろう。陽介は自分に呆れつつべっこう色の眼鏡を押し上げた。

(声が嫌いなら喉を保護するわけもないか)

「あなたはどうして、ストールについて聞かせてくれたのでしょうか」

『声と同じく、印象的だったんです。似合ってたってのもあるんですけど、食事中でも外そうとしなくって。そのせいでミートソースが付いちゃったりして』

ふふふ、と三男坊は笑う。その時の三毛猫の慌てぶりが面白かったようだ。

急いでトイレに向かった彼女は、三つのドアの前で立ち止まった。中央の最も大きなドアに手を伸ばしかけたものの、気まずそうに引っ込める。左右の扉を確かめた彼女は、結局どちらにも入らずに、ひっそりと壁際に佇んだ。

　赤ちゃんを抱っこした女性が出てくると、三毛猫は会釈して、大きなドアの向こうへと消えた。

『ミートソースでしょ、水洗いじゃ取れなかったみたいで。新しいストールを買いに行ったんです。夏でも涼しいってマスクカバーとお揃いの、ミントグリーン。ボクがプレゼントしたんですよ』

　酔いがさらに回ったのか、三男坊は楽しそうだ。かと思えば、急速に声はしぼんだ。

『喜んでくれてたのになぁ……その日の夜なんて、メントールとか、抗菌と除菌の違いとか、九十九％がミソだとか、色々盛り上がったのになぁ。あーあ、兄さんたちより先にいいお嫁さんもらって、自慢しまくろうと思ってたのに！』

「…………！」

　自分勝手な、と怒鳴りそうになった口元に、再び月也の人差し指が立つ。陽介は渋々言葉を呑み込んで、鼻から短く息を吐いた。

「直接会ったのは一回だけだったとお聞きしましたが」

　三男坊を相手しながら、月也はスマホに文字を並べた。**【長男（笑）】**。二度目だ。陽介は口を尖らせて**【一人っ子め】**とだけ返した。

「別れ話に至った原因は、アプリでの、文字だけのやり取りの中にあったということでしょうか。それなら、ログが残っていそうなものですが」

『それはたぶんないですよ。パラレルワールドの話とか、生物と無生物の違いとか、そういう他愛もないことばっかりでしたから』

【他愛もない？】

【他愛ないだろ】

「となると……トーク以外のきっかけがあって、三毛猫さんは別れを決意したということですね」

『そうですね……』

三男坊のため息に、プシュ、という音が混ざる。二本目を開けたようだ。一本でもだいぶ酔っている様子の彼が、二本目を飲み進めたら、まともに話もできなくなるかもしれない。タイムリミットを感じたのは、月也も同じようだった。

「何か、心当たりはありますか？」

『ボクのせいじゃないことは確かですよ。二回目の食事の日でした。ヒールが折れたから行けないって言い出したんです』

「ヒールとは、靴の？」

『お気に入りだって。初めて会った日も履いてたんです。ゴールドのパンプス。ゴールドって言ってもギラギラしてなくて、上品なしっとりした感じで、彼女にとても似合ってました。それのせいもあって、ボクよりずっと背が高くなっちゃって、すまなさそうにしてたっけなぁ』

「それが折れた」

「そーです。だから会えないって、おかしいよねぇ」

月也は首を捻り、加熱式タバコを吸い込む。空いている右手の人差し指が【女心ってやつ?】と不可解そうにさまよった。

【分かりません】

陽介は左右に首を振る。制服のスカーフをうまく結べなかった妹が、行きたくないと喚いていたことはある。だから、装飾品の一つでも、一日が台無しになったように思うことはあるのかもしれない。

けれど、三毛猫までそうだったのか。それはやはり「分からない」のだ。

『それでもボクは会いたかったから、新しい靴を買おうって誘ったんだよ。ストールみたいに。プレゼントしたかったんだ。でも、彼女は「さよなら」って』

納得できなかった三男坊は食い下がる。一緒に買いに行くのが嫌なら、新しい靴を買った後、また一緒に食事をしよう。いつでもいいよ、と。それでも三毛猫の答えは変わらなかった。

さようなら、と。

『どうしてって聞いたんだ。何度も。彼女は何度も無視して、でも、ようやく答えてくれたんだ』

それが——Ψ。

それきり三毛猫は三男坊をブロックする。

『あんまりじゃない？　一方的過ぎるでしょ。ヒールが折れたのだってボクのせいじゃないし。マスクカバーとストールだって贈ってるし。そりゃあ、レストランじゃアプリのクーポン使ったから、ちょっとカッコ悪かったかもしれないけど』

三男坊は一気に酒をあおったのだろう。少しの間スマホの向こうが静かになり、カン、とテーブルを叩いたような軽い音がした。

『ボクのどこが悪いんだよ！』

「事情は分かりました」

うんざりした様子で月也は眉を寄せた。ため息の代わりに煙を吐き出し、陽介のひび割れたスマホを持ち上げる。

「お聞きした情報を整理、推理した上でご報告したいと思います。では」

まだまだ愚痴をこぼしたそうな三男坊を無視し、月也は通話を終了する。吸えなくなった加熱式タバコを置き、すっかり氷の溶けたマグカップをつかんだ。

口元に運びかけ、飲むことなくテーブルに戻した。

「コンビニ行くか。アイス食いたそうな顔してるし」

「別に、食べたくないですけど」

「頭は冷やしたいだろう？」

全て見通しているかのように月也はケラケラと笑う。陽介は深く息を吐き出した。

「ソーダバーがいいです。もちろん、先輩の奢りで」

「了解」

加熱式タバコだけを持って月也は室内に戻る。二個のマグカップとタオルを片付けて、陽介は最近買ったばかりの黒いサコッシュをつかんだ。

今月から始まったレジ袋有料化。そのために増えたエコバッグという荷物。それと一緒にマスクと鍵、スマホを突っ込んで外に出る。

あの田舎町のように蛾の舞う外廊下の明かりの中、月也のハーフパンツからは、マスクのゴムが飛び出していた。


八月が迫った夜は、風もなく、シャワーを浴びた意味を失わせている。この空気の中をマスクをして歩いていたら、きっと窒息死するだろう。

だから、というよりは、密集でも密閉でもない屋外で、マスクをする必要性を感じなくなっているからだ。陽介も月也も、口元を覆ったりはしなかった。

「……静かですね」

「まあ、住宅地だしな」

駅も遠いし、と月也は付け足す。そこに呆れがにじんでいたのは、駅近くや公園で起きている問題のためだろう。大勢で集まることが悪であると判断されるようになってから、集まって飲みたい人たちは、路上で騒ぐようになった。

そんな路上飲みも、駅から二十五分も離れた場所では行われない。

LED街灯の眩しさも、かえって静けさを強調していた。

「陽介が望むなら、今回の依頼人、人間不信になるくらいには追い詰めてやるけど？」

「そんなこと、望むわけないじゃないですか」

「でも。嫌いではあったろ」

陽介はうつむく。軽く唇を噛んで、薄汚れたつま先を見つめた。素足のまま履いてきたスニーカーは、どうにも心地が悪かった。

「三男だもんなぁ」

「………」

「個人としてはどうあれ、陽介が気に入らねぇのも無理はないって。長男たるお前は、どうしたってその立場にはなれねぇんだから。羨ましかったんだろ？」

「……そうかもしれません」

呟いて、陽介は小石を蹴り飛ばす真似をする。

月也の言う通りだ。自分を観測してみて、いや、正確には観測させられたことで気が付いた。本当は、依頼人のニックネームを見た時から気に食わなかったのだ、と。

三男。それはどう足掻いても、陽介が手にすることのできないものだ。長男として生まれた時点で失っていたものだ。だから。

羨ましかった。

妬ましかった。

そんなざらつく感情など、見えないふりをしていたけれど。きちんと自分と向き合い、観測すれば、どうしようもなく心の中にうごめいている。

いいなぁ、と。

気に入らないなぁ、と……。

「月也先輩には敵いませんね。確かに不快でした。先入観って言われようとも自由奔放に思えて、羨ましくて。社会人なのに無責任で、食べながら喋るような礼儀知らずで。彼女の言葉くらい自分で理解しろよって、本当は……」

「だったら素直に追い詰めて――」

「できません！」

強く月也を遮り、陽介はサコッシュのショルダーベルトを握りしめる。「できません」ともう一度、今度は小さくもらしてため息をついた。

「追い詰めて、傷付けることを選んだら、先輩と同じになっちゃうじゃないですか」

「いいじゃん、別に」

「よくないですよ。先輩と同じになっちゃったら、一緒にいる意味がなくなります」

親を殺し、自分をも殺そうとする桂月也を止めること。完全犯罪者になろうとする彼を引き留めること。

そのための「家族」であること。

それはきっと、違うからこそ成立する。同じではないからこそ、手を伸ばせるのだと陽介は信じている。

それが、今の陽介にとってはアイデンティティだった。

「違うから、僕は一緒にいられるんです」

「……つっても。どの道この依頼には、優しい解答なんてねぇけどな」

「え。もう解けてるんですか？」

「もうって……すげぇ簡単だったじゃん。お前やっぱその眼鏡、買い替えた方がいいんじゃね？」

「うっさいな」

陽介は口を曲げてサコッシュからマスクを取り出す。月也も、ズボンのポケットから引き抜いた。すぐそこに、馴染みの牛乳缶マークのコンビニが迫っている。

吸い殻入れとは反対の角に、路上飲みというほどの賑やかさもなく、男女が四人集まっていた。歳の近い彼らを、陽介はできるだけ気にしないようにした。

冷房効率よりも感染症対策を優先され、ドアは片方だけ開いていた。そこを抜ける時。

「性別にずれがあるんだよ」

月也は呟き、大股で飲料コーナーへと向かう。ソーダバーと言ってしまった手前追いかけられずに、陽介はアイスコーナーを目指した。

（性別にずれ……）

すとん、と腑に落ちるヒントだった。

曇りが晴れるようだったけれど、ソーダバーは見つからない。代わりに、イチゴ味のかき氷バーをつかみ上げた。

「ソーダなかったんだ」

ペットボトルの一本も持たずに合流した月也は、陽介と同じアイスを手にする。交通系電子マネーでの会計が済むと、二人揃って、吸い殻入れの前で袋を開けた。

「考える時間をくれたにしては、ちょっと短すぎだったんじゃないですか？」

ヒントの後はジュースを取りに行くふりをしただけだ。その短時間に理解しろというのは、あまりに乱暴じゃないか。陽介の文句を笑って受け流し、月也はかき氷バーの白い角を一口かじる。

「充分だったろ」

「まあ」

性別にずれがある――

当然ながら依頼人、三男坊のことではない。彼が「彼女」と言い続けた「三毛猫」だ。

その人がもし、彼女ではなく彼だったとしたら。

声を出さなかったのは、低い声から悟られることを恐れたため。

「ストールを外さなかったのは、男性に特徴的な喉仏を隠していたからなんですね」

「ああ。とはいえそれだけじゃあ、本当に声が嫌いなだけかもしれない。首回りに何か、傷でもなんでも、隠したいものがあった可能性も否定できない」

「でも。三毛猫さんは決定的な行動をとりました」

それは、ストールがミートソースで汚れた時だ。三毛猫は、わざわざバリアフリートイレが空くのを待っている。男女兼用で、どちらの性別が使用しても不審がられない、どちらのものでもないトイレが空くのを。

「だとしたら……三毛猫という名前は、切実だったのかもしれません」

「そうかもな」

三毛猫は九割以上がメスとされる。珍しいほどにオスが生まれない猫の名前を使ったのは、自身がそうありたかったからなのだろう。

「ヒールも。女心というよりも、もっと、大切なものだったように思います」

金色のヒールは、三毛猫が「女性らしく」外を歩くための、魔法の靴だったのだ。それが折れた瞬間、三毛猫が魔法の終わりを感じたとしてもおかしくはない。

だから、ほかの靴では駄目だったのだ。

新しい魔法の靴を買いに行くための、魔法の靴を失ってしまったから……。

「まあ、僕の空想に過ぎませんけど」

少しだけ苦い気持ちで、陽介はかき氷バーをかじる。本物のイチゴではない、ただ甘いだけの味に、慰められるような気がした。

「相変わらず陽介らしい物語だけど。それで、どうして『Ψ』なんだ？」

「え……」

「あーあ、これだからなぁ。これからの教育は量子論も必修にすべきじゃね」

「そんなの無理ですよ。量子論なんて厄介なもの、どう教えろって言うんですか」

「まあ、ノーベル賞を受賞したファインマン先生をもってしても『量子論を理解している人はいない』とは言わしめたけども。かいつまんだだけでも面白いけどねぇ」

温度の下がらない夜、アイスは溶けるのが早い。月也がかじりつくそばから、手元に近い角からは、液化したかき氷が滴った。

「Ψはそんな量子論の代表格、シュレディンガー方程式に使われている」

「シュレディンガーって、猫の？」

「エクセレント！」

猫、と口の中で繰り返して、陽介は一口を大きくする。かき氷バーは随分と崩れ始めていた。油断すると落ちてしまいそうだ。

「シュレディンガーの猫。量子論では有名な思考実験だな」

用意するものは簡単、と月也は解説を始める。

猫、放射性物質、放射線測定器、毒ガス、それらを入れる中の見えない箱。測定器が放射線を検知すると毒ガスが放出され、猫が死ぬという仕組みだ。

放射性物質が放射線を出すかどうかは、量子論に従っている。

「要は確率と観測に支配される時、箱を開ける前の猫はどうなっているのかという問題だな。果たして猫は、死んでいてかつ生きている、そんな生と死の重ね合わせ状態にあるのかどうか」

「馬鹿げてる、としか思えない実験ですよね」

「そう。箱を開けるまで決まらないなんて物理学的にナンセンスだし、測定器が既にマクロなんだから、人間の関与する余地はないとか、まあ色々ツッコミどころがあるわけだけど。シュレディンガー方程式によって導かれた確率の波が、どうして観測すると一つの事象に収縮してしまうのか、というところが問題なわけで」

「先輩。さりげなく脱線してません？」

「……バレたか」

しれっと笑い、月也はかき氷バーを食べ尽くす。陽介は肩をすくめ、同じように、溶けて落ちる前に食べ切った。

「理科好きで、猫を名乗り、パラレルワールドについても語ったような彼女なら、Ψはシュレディンガー方程式だと考えていいだろう。だとすればその意味は『確率の波』。どこか特定の場所を示すことはなく、見つかりやすさに差があるだけに過ぎない、あると同時にないようなもの。量子の本質だな」

「量子って、相補的なものでもありましたよね」

「ああ。波動であり粒子である。見え方は関係性の中で決まるんだ」

波として見ようとした時には、波に。

粒として見ようとした時には、粒に。

「それが『Ψ』の答えだとしたら、陽介はどうする？」

「そうですねぇ……」

アイスの棒を咥え、陽介はふらりと視線をさまよわせる。数メートル先、コンビニのもう一方の角では、缶チューハイを手に四人の男女が笑い声を上げている。

店員が注意しないのは、怖いからかもしれない。

あるいは、ここしか行く当てがないことを、分かっているからかもしれない。

陽介には想像することしかできない関係性が、コンビニと彼らの間にもあるのだ。もし本当のことを知りたいと思ったなら、陽介も関わりを持たなければならない。

同じように、三毛猫についても。

関わりがあった時だけ、彼女はそこにいたのだろう。

「Ψは、思い出の中にだけいる私、でしょうか」

「そいつはエレガントだねぇ」

からかうように肩を揺らして、月也は加熱式タバコをセットする。細く吐き出された煙を目で追うと、使われなくなった誘蛾灯が見えた。

LEDの普及により、明るくても虫が寄り付きにくくなったのだ。

虫が集まるあのアパートは、それだけ古いということなのだろう。

「……いとこが二歳上なんですけど。小学生の頃、彼が中学生になるまでは、よく一緒に遊んでたんです。うちの山でカブトムシやセミなんかを捕まえたりして」

「虫……」

「虫嫌いの先輩には地獄のような遊びかもしれないですけど。僕は楽しかった。彼のあとをついて回っている間、僕は弟だったんです。たぶん、末っ子だった彼にとっても、兄貴ぶれて楽しかったんだと思います」

その関係性は、突然終わりを迎えた。

今日のような、星のない湿った夜。自動販売機は蛾や羽虫を呼び寄せていた。

「本家の長男なんて鬱陶しいんだよって、突き飛ばされてそれっきりです。彼の中で何があったのかは分かりません。僕が何をしたのかも分かりません。でも、あのこともきっかけだったのだと思います。僕が『僕』をやめることにした」

「そうか……」

「だからちょっと、意地悪します。三男坊さんに」

「傷付けないんじゃなかったっけ？」

「意地悪です」

それはささやかな、過去への復讐であり、三男坊への八つ当たりだ。「兄弟」を感じさせたのが悪いのだと、陽介は鼻を鳴らした。

「三毛猫さんの秘密については教えてあげません。あの態度じゃ騙されたって喚くだけでしょうし。被害者面する『弟』なんてうんざりだ」

「ま、陽介がそう言うなら。どうせ依頼内容も『Ψ』についてだけだったしな」

「ええ。それだけで充分です」

それに、と陽介は心の中に言葉を留める。三毛猫についてひとつの可能性を見付け出したのは、自分と月也だ。その関係性を三男坊に教えるのは、どうしても気が乗らなかった。

不意に、路上飲みの男女が騒がしくなった。

「ハッピーバースデー！」

ズレた音程で陽気に歌い始める。思わず顔を向けると、一人、先ほどまでレジにいた青年が増えていた。気恥ずかしさと戸惑いをないまぜにした横顔に、陽介は微笑む。

そういう関係性だったのだ。

「陽介」

「はい？」

「プリンとシュークリームどっち？」

答えを聞く前に、月也はすでに店内に向かっている。陽介は「豆大福の気分です」と三つ目の答えで彼を困らせた。

それが許される、そういう関係性だ。

＊クオンタム［quantum］量子

第2話　アストロノマーの遺産

新型感染症によって中止となった甲子園だったけれど、交流試合として一試合ずつだけ行われることになったらしい。無観客で開催される試合は十日から始まっているようだけれど、あまり賑わいは感じられない。ニュースもさらりと流した程度だ。

（お盆と言えば甲子園だったなぁ）

布団にシーツを掛けながら陽介は思い出す。夏と言えば、あの町のテレビやラジオは甲子園だった。興味がなかったから出場校はピンと来ないけれど、音声は、線香の匂いやぼんぼりの光のように、お盆のイメージとなって染み付いている。

八月十四日。

去年の今頃は、実家に残る自室のベッドで、盆地の熱にぐったりしていた。なんとなく流されるまま帰省したもののやることもなく、月也にメッセージを送ってばかりだった。

今年は、感染症を口実にしてアパートに残っている。

首都圏の熱気に対抗するには仕方がないと、非常事態措置として冷房を効かせているから、あの町よりも快適なくらいだ。

この快適さに一つだけ気になる点を挙げるとすれば、布団を月也のパイプベッドと並べていることだろう。電気代の節約を思えば、できるだけ狭い範囲で、一部屋だけを集中して冷やすしかなかった。

「今年もお邪魔しますね、先輩」

枕を整えて、陽介はわざとらしくお辞儀した。とっくに寝転がり、例によって「量子」と「宇宙」の文字が入った本を手にしていた月也は、あくびで応じた。

「いびきかくなよ」

「えっ？」

「冗談。俺ももしかしたら悲鳴とか上げるかもしんねぇから。そん時は気にせず寝てていいからな」

本を枕元のスマホの上に置くと、月也は古びたTシャツの上から左脇腹を撫でる。そこにあるのは今も消えない傷痕だ。幼い日、母に殺されかけた記憶を刻み、彼を犯罪者へと駆り立てた始まりでもある。

「それは笑えない冗談ですね」

陽介は苦笑した。けれど、たぶん大丈夫だろうとも思えた。月也を蝕む蟲の夢は、梅雨に現れるものだ。事件が梅雨の出来事だったから。雨音に導かれて、夢の中から「死」をにおわせる。

けれどもう、梅雨は終わっている。

あまりに長かった今年の梅雨は、八月一日まで続いたけれど、もう終わっているのだ。

「おやすみ」

「おやすみなさい」

室内灯のスイッチ紐に付け足されたリボンを引っ張って、月也が部屋を暗くする。首都圏の夜はあの町のように、しん、としてはいなかった。

すぐそばでは、室外機が回っている。

遠くをパトカーが走っている。救急車も出動している。事件かもしれない。

(虫の声がないな……)

ぼんやりと陽介は思う。お盆も過ぎれば、夜には秋の気配が漂っていたはずだ。童謡に出てきそうな虫の声が、ちらちらと庭から聞こえてきていた。

そうでなくとも、田んぼが近いからカエルが騒がしかった。あの町の夜は——睡眠に途切れかけた思考に、陽介は首をかしげる。

どうして、思い出すのだろう。

帰りたい場所ではない。「日下」など継ぎたくはない。長男という立場など捨て去ってやると、決めているはずなのに。

お盆が、思い出させる。

夏が、思い出させる。

(故郷なんて……)

いらなかった。ぼんやりとした苦みが、眠りに取って代わられようとした時だ。バイブレーションが響いた。一気に現実に戻された陽介は、枕元のスマホに手を伸ばす。眼鏡のない目を細めて確認してみても、着信はなかった。

（先輩の？）

同じく起こされた月也は、不機嫌そうに電源をオフにしている。舌打ちすると、スマホを足元の方へと放り投げた。

「出なくてよかったんですか？　緊急な用件かもしれないのに」

時刻は零時を過ぎている。非常識でなければ、何か問題が発生したのだろう。海外の知人という可能性もあるけれど、月也にそういうつながりがあるのか、陽介には分からなかった。

「大丈夫。どうせ『桂』だから」

「え？」

「なんか最近うるせぇんだよ。実家は着信拒否してっから、ほかの番号使ってかけてきやがる。わざとケータイとか使わねぇで、向こうの市外局番ばっかでさ。におわせてくるのがムカつくんだよ」

「それって……」

そこまでして連絡を取りたいのだとしたら、本当に重要な話なのではないだろうか。思ったけれど陽介は言葉を吞み込んだ。月也にとって「重要」となるのは「訃報」くらいだ。殺してやろうとする相手が死んだとあれば一大事となるけれど、そんなニュースは流れていない。地方有力議員の死亡なら、報道されてもいいものだけれど。

(「日下」もなんも言ってこないしな)

月也が捕まらないなら、陽介を捕まえようとするだろう。陽介は実家からの連絡を無視しないから、このルートなら月也に連絡可能だ。

どうやら、そこまでの話ではないらしい。「桂」内部で留めておきたい、身内に限った重要事項であるようだ。

「あーあ、目ぇ覚めちまった」

ムカつくと舌打ちを重ねた月也は、電気のスイッチ紐に手を伸ばす。引っ張ることなく戻されたシルエットを見届けて、陽介は少しだけ笑った。

「僕のことは気にせず、どうぞ、気晴らしに物理に浸ってください」

「いいよ、どうせ集中できねぇし」

「じゃあ何か、宇宙の話でもないですか？」

「宇宙か」

月也はもぞもぞとタオルケットをかぶり直した。陽介もくるまるようにして横向きになる。月也の方を向こうと思ったけれど、見えるのはパイプベッドの脚ばかりだ。畳の上に広がる暗闇がなんとなく不気味で、陽介は仰向きに体勢を戻した。

「宇宙とはちょっと違うけどな、お前の知らないちょっとした謎解きの話ならあるな」

「へぇ、どういうお話なんですか？」

「今思えば……きっと、陽介の気に入る話、かな」

そう言いながら月也がもらした息には、どことなく寂しさがにじんでいる。

「俺が高一の時なんだけど」

あるいは、懐かしさ、かもしれない。


九月というだけで学校は衣替えを決行する。いくら東北の田舎町といっても暑さが抜けきらない中、詰襟の学生服というのは、あまりにも不快だった。

（「ぼく」も楽じゃねぇなぁ）

放課後。自身で立ち上げたために部員が自分だけという「科学部」の部室、物理実験室に来ると、月也はすぐさま第一ボタンまで外す。深く息を吐き出して、実験台とセットの黒い丸椅子に座った。

桂議員の息子なら、きっと怖い人なのだろう――そんなレッテルを無言で払うために、あえてホックまで留めるような「優等生」を演じていた。いっそ伊達眼鏡も用意しようかと考えたけれど、邪魔になりそうでやめている。

そもそも、噂の尾ひれの付き方がおかしいのだ。

政治関係の怖い人↓汚いお金↓裏社会とつながっているらしい↓息子も恐喝常習犯らしい↓中学の時泣かされた人が多数……。

これが、町内出身者だけなら、噂もすぐに消えただろう。

問題は、高校は地域外からも入学者がいることだ。割合としては町の外から来る生徒の方が多いのだから、月也も制御しきれなかった。

ましてや余計なことに、家に不自然な現金があることを月也は知っている。例えば熱帯魚の水槽の中には三百万円ほどあるだろう。屈折がおかしいからすぐに分かるというのに、隠した本人はバレていないと思っている。

そういう余計な「情報」を知っているために、演じることに自信が持てない部分があった。自分ではうまく演じているつもりでも、何も知らないほど上手には、心の中を誤魔化せているとは思えないのだ。

だから、噂はいつまでも続くのかもしれない。

（まあ、生徒全員が町内出身なら、違うレッテル貼られるだけか）

苦笑しつつ、月也はメッセンジャーバッグから「不確定性原理」に関する本を取り出した。この原理のように、町の誰も「本当の姿」を見ることができないのだと思うと、ますます笑えた。

町は、強さとして「恐さ」を求めてくる。

農業ばかりで観光資源も乏しい町が、ずっと発展していけるように。冷徹であったとしても頼りになるリーダーを。それこそ父のように「俺」という一人称が似合う人物を求めているから、月也はあえて「ぼく」を使う。

（マジかよ、しおり落ちてるし……）

本屋のレジに置いてあった、千代紙のしおりはバッグの中に残っていた。どこまで読んだのか記憶を手繰りつつページをめくる。見覚えのある数式をいくつか過ぎると。

「桂、ちょっと相談乗って？」

相手の都合も気にせずにドアが開く。クラスメイトの諏訪光志《すわこうじ》は、ドアを開けた気軽さのまま月也の前に座った。

「この台本の冒頭なんだけど、うまく解釈できなくてさ。桂みたいな思考回路してたら分かるんじゃないかなぁって思ったんだけど」

「……明らかに読書中の相手を前に、よくもまあ、話を進められますね」

「鬱陶しいものはさっさと排除したくなるんじゃないかなあって。オレの処世術なんだけど。もちろん暴力的な奴相手には使わないけどさ」

それで、と光志はホチキスで留められた台本を指先で叩いた。タイトルは『満月に見おろす三日月』。ここの演劇部に伝わる、文化祭用プログラムらしい。

「文化祭ってもう終わりましたよね」

夏休み明け最初の金・土曜日が日程だった。科学部は発足初年度であることと、部員がいないことを理由に、展示を免除してもらっていた。

「そう終わってる。っていうかオレ、この劇見て感動して演劇部に移ったんだもん。桂は見た？　迫真の演技だったよなぁ」

「ぼくは自主休校でした」

「もったいない！」

それこそ演技のように両手を振り回し光志は嘆く。これは確かに鬱陶しいと、月也は不確定性原理の本を閉じた。ついでに、第一ボタンも留め直す。

「ぼくは何を考えればいいのでしょうか」

「だから、冒頭の解釈なんだけど。話の大筋は、冥界を訪れた主人公が、死んだ友人に出会って、見失っていた夢を取り戻して現《うつつ》に復活ハッピーエンドって感じなんだけど。台本だと、幕が開いた時にはもう、主人公は冥界にいるんだよ。どうやってそっちに行ったのかは謎っていうか、ナレーションがあるだけなんだ」

この部分、と光志は台本の一部を指さした。

『満月の夜、〈夢にはばたく像〉と三日月を見おろすと、冥界への扉が開かれる』

「この像って、玄関前でこんなポーズしてるアレだろ」

光志はわざわざ立ち上がると、腕を伸ばして背を反らす。実物の銅像はもっと滑らかな曲線を描いているけれど、ダンサーっぽいという意味ではおおむね同じとも言えた。

「決め顔が余計に鬱陶しいですけど。創立三十周年を記念して作られたものですね。桂の知り合いの彫刻家にデザインを頼んだとかそういう話があった気がします」

「お、さすが」

光志は銅像ごっこをやめて椅子に戻った。

「だったら冒頭の意味も分かっちゃうんじゃない？」

「どういう思考をしたらそうなるのか、ぼくには分かりません。彫刻家と脚本家が同一人物、あるいは接点があったということですか？」

「いや、別人で接点もなさげだけど……ここはホンだけに絞るとしてさ。満月に三日月を見おろすってどういう状況なんだよって。それで本当に冥界につながるってのは面白い気がするんだけど、舞台としてちょっと端折り過ぎって気もするっていうか。もっとこう、ナレーション以外の演出をすべき点なんじゃないかなぁってオレは感じているわけよ」

「だったら、君が感じるままに表現すればいいでしょう。創作なんですから」

「創作だからこそ、台本を作った卒業生の意図を汲みたいわけ。〈夢にはばたく像〉はリアルにあるわけだからさぁ、この部分もなんかありそうって直感が働くんだよ」

「七不思議系は管轄外です。科学部じゃなくてオカルト部に行ってください」

「真っ先に行きました。歴代の怪奇ノートには残っていないって。つまり非科学じゃないってことなんだから、科学ってことだろ？」

飛躍しすぎだ。月也はため息をついた。そのため息をどう理解したのか、光志は閃いた顔をする。学生服のポケットを探ると、

「報酬はこれで」

キャンディ一個だった。いちごみるく味。どういう経緯で彼のポケットに入ったのか、不可解さを放つ一品だ。

「……いつのですか？」

「さっきの。部室で先輩がみんなに配ってたやつだから、鮮度は大丈夫だと思う。あ、先輩ってのが演劇部のヒロイン、ファンクラブもあるって噂の先輩だから、これもプレミアもんのキャンディだぞ」

「証明はできないですけどね」

ついでに興味もないと付け加えて、それでも月也はキャンディの包装を破る。これで光志の依頼を引き受けたことになってしまうけれど、仕方がなかった。

――満月の夜、〈夢にはばたく像〉と三日月を見おろす……。

その「状況」を思い付いてしまった。それこそ「科学的」に。だからこそ月也はキャンディを受け取る方を選んだのだ。科学部を名乗る以上無視できないのであれば、せめて報酬はもらっておくべきだ。

「では、行きましょうか」

口の中でいちごみるくを転がしながら、月也は本をバッグに入れる。立ち上がると、光志はきょとんと首を捻った。

「行くって？　どこに？」

「図書室に決まっています」

図書室、と告げたところで月也はふっと口を閉ざしてしまった。寝落ちしたわけではない。同じ高校に通っていた陽介に、校内地図を思い出させようとしているのだ。

「図書室ですか……」

　それは生徒玄関の二階上、職員室や会議室を有する南棟の三階にあった。最上階は視聴覚室で屋上へのルートはない。豆腐のように白く、面白みのない四階建ての校舎だった。

「僕とはあまり縁のない場所でしたねぇ」

　階数配置は思い出せたものの、内部は記憶に残っていない。図書室だから、本棚と机があったのだろう。どういう風に並んでいたのか、陽介の頭の中ではまっさらだった。

「じゃあ、一階下の職員室は覚えてるだろ。お前よく呼び出されてたから」

「そんなこともありましたねぇ」

　ははは、と陽介は乾いた笑いでなかったことにしようと試みる。当然、無駄だった。月也だけではなく、陽介自身の記憶にもはっきりと刻み込まれている。

　職員室で注意されるほど宿題をやらないような、当てにできない奴になりたかった、というのが動機だ。

　他人から相談を持ち掛けられ、にこにこと対応してしまう父のようになりたくなくて。どうにも「信用ならない」という印象を与えるために、なるべく呼び出しをくらうような行動を選んでいた。

　困りごとなら日下くんに――そのレッテルを剥がそうと足掻いてみていたけれど、思い返してみると、あまり効果はなかったようだ。

「確かに、職員室は覚えてます。三年担当は別の部屋があるので、一・二年の先生方が学年ごとに島を作ってるんです。入ってすぐ左手に教頭先生の席があって、その後ろに月間予定表のホワイトボードがありました。窓際には腰の高さくらいの棚があって」

「ストップ。その窓の向こうには何が見えた？」

「何って〈夢にはばたく像〉ですよね。無駄に高い台座の上に立ってるから、二階から見て目の高さが合うんですよね、あれ」

「え、あれって目あったんだ」

「いえ、のっぺらぼうだし性別不詳ですけど。なんとなく顔っぽいのが、職員室の窓の高さでした。そうそう、真っ昼間に見たことあります？　真上から太陽光受けると、前髪みたいな影が浮き上がるんですよ。そのせいで職員室では『七三ちゃん』ってニックネーム付けられてました」

思い出して、つい陽介は笑う。俺は職員室とは無縁だったから、と月也は仰向けから姿勢を変えた。陽介のいる右を下にしてみたものの、夜の闇の中では表情が分からなかった。

「そうやって先生と親しくなるから、結局『日下くん』だったんじゃねぇの」

「え！」

陽介は深く、眉間にしわを作る。言われてみればそうかもしれない。先生も先生で、雑用で呼び出すようになった。生徒から先生への文句を引き受けた回数は、両手の指に収まり切らないほどだ。

ああ、と陽介は両手で顔を覆って呻く。相談役にされない高校生活を目指したつもりだったのに、完全に失敗していたのだ。今更ながらに嘆いていると、ケラケラと月也が笑った。室外機も、からかうように響いた。

「では、人受けのいい陽介くんに問題です。〈夢にはばたく像〉を『見おろす』にはどうしたらいいでしょうか？」

「職員室では目が合いますから……三階、図書室、ですか」

「エクセレント。屋上へのルートはないから論外。四階の視聴覚室は鍵がかかっていて入りにくい。比較的容易に見おろせる場所は図書室に限られるわけだ」

図書室は窓際に背の低い本棚が並んでいる。その上に乗ればさらに見おろすことができるが、図書委員に見つからないよう気を付ける必要があった。

「それで、図書室に行ったんですね」

「ああ。残る問題は満月と三日月だけど、これは半分は劇としての演出だな。満月じゃなくても日光で見えるんだ。像の影が三日月になってるのが。ただ夕方じゃ無理で、これも前髪の影みたいに真っ昼間限定。窓枠とか、木が邪魔したりするから、図書室の窓の限られた位置からしか見えなかった」

そうして〈夢にはばたく像〉と三日月を関連付けることには成功した。けれど、冥界への扉が開くようなことはなかった。

それでも依頼人、諏訪光志は満足したようだ。図書室という新しい情報から、ナレーションン以外のインスピレーションを得たと、いちごみるくキャンディを一袋置いていった。

「でもさ、俺としては納得できなかったんだ。どうにも脚本家がロジカルに思えてなんなくて。像に三日月の影を見つける観察力がある奴なら、ちゃんと冥界への扉も用意してんじゃねぇかって気がしてさ」

見落としがあるのだろうと、月也は図書室に通った。昼休み、三日月の影を見おろして。冥界につながりそうなものを考えることしばし。ふと目線を屋外から屋内に移した時だ。

本棚にそれはあった。

「何を見つけたんだと思う？」

「想像もできませんよ。さっきも言いましたけど、僕、図書室なんてほとんど行ってないんですから。窓際にまで棚があることすら知りませんでしたから」

「ヒントはとっくに出てんだけどな。曇った眼鏡かけてなくても、結局曇った目してんじゃん」

「うるさいなぁ」

頰を膨らませて、陽介は目を鋭くする。暗い中ではどうでもよかったけれど、眼鏡のない視界はぼやけているだけだ。だからといって、ヒントが見えないわけでもない。

「残ってるのは『冥界への扉』ですよねぇ」

そういうタイトルの本があった、としたら月也もすぐに気が付いただろう。となれば、一見するとそれと分からない「冥界」があったということだ。

図書室で。

それと気付かせずに、冥界を暗示させる何か……。

「無理ですよ。物語ならどこに冥界があってもおかしくないじゃないですか。そんな漠然としたものをどう特定しろっていうんですか」

「お前それ、半分くらい答え言ってるようなもんだぞ」

へ、と陽介は眉を寄せる。「答えを言った？」と繰り返してみても、まったく見当もつかない。唸っていると、ケラケラと月也は笑った。

「物語じゃ特定できないんだから、それ以外の本を考えればいいだろ」

「……辞書とか資料集とかですか」

「そう。さらに付け加えれば『持ち出し禁止図書』だ。せっかく謎を仕込んでおいても、貸し出し中には解けませんってんじゃ困るだろ」

ちなみに、と月也は図書室を利用していなかった陽介のために付け加える。

持ち出しが禁止される本は、必然的に価値のあるものになる。一冊の単価が高かったり、入手困難だったり。物理的に、大きかったり重かったりして、持ち運びに都合の悪い本も持ち出し禁止のシールが貼られていた。

「……図鑑？」

「ああ。でも、図鑑にも色々あるからねぇ。三日月の影に冥界の扉を見つけるような図鑑がなんなのか、そこが問題だ」

「わざとらしいですよ、先輩」

陽介は悔しさをため息にして吐き出した。

わざわざ付け加えられた「三日月」という単語。それと「冥界」の文字が並ぶような図鑑は限られている。

「天体図鑑ですか」

「エクセレント！」

「それなら確かに『月』も『冥』もありますね」

月はそのまま地球の衛星として、モノトーンの世界がページを割いているだろう。冥界は冥王星だ。太陽系の最も外側を回っている、かつては惑星扱いだった星。名前の由来がまさに冥界の神プルートだ。

「それで。冥界の扉を開いた先輩は、何を見たんですか？」

「それこそ、死者に会ったんだろうな」

ふ、と短く月也は笑った。

死者、と陽介は口の中で小さく繰り返した。

思い返せば、月也は語り始めから少しばかり、いつもと様子が違った。自分の不利になるようなことは隠そうとするのに、寂しさをにじませていて。懐かしさも偽ることなくこぼしていた。

そういう素直さを月也が見せるのは「死」に関する時だ。

死に憧れる彼は、死に関わる時にはいつだって優しい。

「天体図鑑に見つかったのは、ルーズリーフ一枚と、手帳を破いたような紙切れが一枚だった。そこに、脚本家からのメッセージがあったんだ」

冥王星のページに挟まれていたルーズリーフには、脚本の裏話とも言えるような言葉が綴られていた。

『夢を諦めなければならなかった友人へ
あなたと一緒に、アメリカを目指し続けたかった。でも、仕方ないね。

親に押し付けられた道のせいで心を殺してしまった貴女の分も、わたしが目指し続けるから。どうか見ていて。あなたの分も背負って輝くわたしを。

そのための覚悟をこめて、ホンを残していくから。いつかきっと、また、一緒に笑い合える日を願っているわ。

⊙・☽』

月のページに挟まれていた紙切れには、宛名はなかった。けれど、同じ図鑑に残していった以上、続きなのだと察せられた。

『夢の形はひとつではなかったわ。わたしには今、かけがえのないものが宿ってる。

⊙・☽』

「……書いた奴の名前がまた奇妙でさ。天体記号の『太陽』と『月』が並んでんの。だからたぶん、天体図鑑だったんだろうなって」

「太陽と月って……」

「ああ。今なら分かるんだ。その名前の意味が」

月也の声はとても静かで、エアコンの風に掻き消されそうだった。陽介はもう、泣きたいような気持ちで、ただただ深く息を吐き出した。

「見つけた時には、誰かとかどうでもよくて。まあ、面白いとは思ったかな。演劇部まで使うような大胆な謎を仕込んでおきながら、解いてみればこんな個人的なメッセージなんてさ。才能の無駄遣いっての？　なんか、それはいいなって思ったんだ」

「先輩も、そうですもんね」

「完全犯罪な」

くすくすと月也は笑う。

完璧な罪を犯そうとする理由は、とても個人的だ。それを考えるだけの思考力があるなら、もっと他にできることがあるだろう。桂月也を知らない人は、きっと口にする。

才能の無駄遣い。

「月也先輩」

「ん？」

「ありがとうございます。日向望《ひなたのぞみ》さんの――お母さんの思い出を聞かせてくれて」

「……いや。裏が取れてるわけでもねぇし。天体記号なんて偶然かもしれないけどな」

「いえ。僕はきっと、お母さんだったんだって思います。だから、先輩は見つけることができたんです」

「……………」

「よかったですね。本当のお母さんに会うことができていて」

月也には二人の母がいる。

戸籍上の母。本当の息子ではない月也を忌み嫌い、幼い彼にナイフで消えない傷を与えた、血のつながりのない母――桂清美《きよみ》。

産みの母。不幸にも出産時に命を落としてしまった、桂議員の不倫相手。月也と同じく丸い耳をしていて、太陽と満月の名を持っていた母――日向望。

実の母の存在へ導くきっかけとなったのは、新型感染症だった。ステイホームのために出掛けることもできず、時間を持て余す中、二人で重ねた会話に月也はヒントを見つけ出した。そしてPCR法――DNA鑑定へとつながっていったのだ。その結果。

月也は自身の中に、日向のDNAを見つけた。

二十一年間隠され続けていた「血の真実」を見つけ出した。

「嬉しかったです。望さんの言葉にふれることができて。先輩を、ちゃんと想ってくれている人がいたって知ることができて」

「もう、死んでるけどな」

「僕は生きてますけどね」

冗談めかして陽介は笑う。「馬鹿じゃね」という呟きが、タオルケットの擦れる音に紛れて消えた。

馬鹿かもしれません、と陽介もタオルケットを肩まで引き上げた。

部屋は暗かった。

それでも、あの町のように真っ暗にはならない。カーテンを閉めていても、隙間からうすぼんやりと光が入り込んでくる。

LED街灯の白い光。テールランプの赤。

人が作り出したものの気配にあふれている。

「先輩」

「ん？」

「先輩は、霊って信じますか？」

口に出してしまってから愚問だったと気付いた。科学の徒であり、物理学、中でも量子論を信奉する月也にとって「霊」など思考に上げる価値もないだろう。

それでも、口に出してしまったのは……。

「まあ、陽介じゃあ『盆』に囚われるのも仕方ねぇかもな。ご先祖様のお帰りを無視して、墓参りにも行かないで、ここにいるのは正しいのかって不安なんだろ」

「……祟られたらやだなぁ、とかね」

苦笑する。

頭の片隅には、日下家代々の艶々した黒い墓石があった。そのとなりには、苔むし、角が丸くなった、さらに古い墓がある。水子を供養する小さな墓石もあった。

日下家の長男を否定するということは、そこに眠るすべての「日下」を否定することでもある。それは、赦されることなのだろうか。

祟られることなのではないだろうか。

「祟りを一種の運動として考えるなら」

月也はパイプベッドをきしませた。シルエットだけの手の動きで、マグカップを傾ける仕草をする。陽介も頷き、起き上がった。

眠れない夜だから、語り過ぎている。

喉が渇くのも仕方がなかった。

「お酒があればよかったですね」

アルコールに頼れば眠れたかもしれない。麦茶しか冷えていないことを嘆きながら、居間のソファに並んで座る。あえて明るくせず、オレンジ色の小さな電球だけを灯した。

月也の部屋よりも蒸し暑かった。それでも、屋外よりはましなのだろう。東日本大震災を耐えた古いアパートは、あちこち隙間ができている。締め切ったつもりの部屋からも、エアコンの冷気が漏れ出ていた。

「陽介はエントロピーは知ってるか」

「まあ、ぼんやりとは。確か熱力学第二法則の関係でしたよね。秩序から混沌へ。時間経過とともに広がって、バラバラになって、ぼやけていくような」

「イメージとしてはだいたいそんな感じ。それでまずは、運動エネルギーについて考えたいんだけど。理論物理学者ブライアン・グリーンの例えが分かりやすいかな」

月也は、からん、とマグカップの氷を鳴らした。

「ダイナマイトを考えるんだ。ダイナマイト自体はコンパクトで、そこにエネルギーが詰まっている状態だろ。それはとても利用しやすくて、それこそ爆発的なエネルギーを持っている。では一転、爆発させてしまったらどうなる？」

「どうって……ドカーンって飛び散っちゃいますよね。あ、熱とか音とか光とか、色々なエネルギーに変わってバラバラになります！」

「エクセレント。まさにエントロピーが増大する。感覚的に分かると思うけど、エントロピー増大後のエネルギーは、それ以前よりも利用しにくい。熱力学第一法則、エネルギー保存則に従って、爆発前と後のエネルギー総量は同じだけどな。だからこそ、エントロピー増大後のエネルギーの一つを取り出せば、それは元のエネルギーよりも小さいってことになる」

「……はい」

どうにか咀嚼して陽介は麦茶を口に運ぶ。あれこれ言われたけれど、雑に要約すれば、爆発後のダイナマイトは、爆発前のダイナマイトほどの威力はない、という当たり前の話なのだろう。

「では、次に生物について考える。肉体を伴い、エネルギーを内部に秘め、ひとまとまりになっている状態が生きている時だ。ダイナマイトの爆発前だな。じゃあ、死んだら？」

「……バラバラになります」

ダイナマイトのせいでグロテスクなイメージが浮かんでしまう。どうにか頭から振り払って、陽介はできるだけ詩的に考えた。

「大地に還ります。分解され、土となって、次の命を育てる糧となるんです」

「そうしてエントロピーを増大させた死後の生物が、生きている生物よりも高いエネルギー状態にあると思うか？」

「ない、ですね」

ダイナマイトと同じならば。生きている生物の方が、ずっと強いエネルギーを持っていることになる。

「さあ、いよいよ本題だ」

ソファの右側で、月也の声が弾んだ。ただでさえ頭が熱くなっているのに、ここからが本番らしい。陽介は少しでも長く冷えていられるように、ゆっくりと麦茶を喉に流し込んだ。

「祟りもまた運動だとするなら。そのエネルギーは、果たして、生きている奴よりも大きいのだろうか？」

「……………」

陽介は目を見開いた。

そのまま、マグカップをつかんでいない左手に視線を向ける。暗いオレンジ色の光の中にも、しっかりと輪郭を持つ手の形が、ダイナマイトのように思えた。

「俺にはこんなロジックしか出せねぇけど。生きて形を保っている時点で、陽介の方が強いんだよ。死んだ奴なんかよりもずっと」

月也は一気に麦茶を飲み干す。立ち上がりながら、マグカップをリビングテーブルに置いた。空いた右手を、まっすぐに陽介へと差し出した。

「お前は、生きてるんだろう？」

からかうように笑う。陽介は深く頷いて、月也の手をつかんだ。

「生きてます。望さんよりも確かに。先輩と一緒に生きてます」

だから、手をつかめる。熱帯夜にもたらされた汗を感じることもできる。生きているから。とても単純な話だった。

「ありがとうございます。ちょっとだけ、怖くなりました」

「えー。これだけ語ってやってもちょっとかよ」

「日下の呪いは根深いんですよ。なんたって大地と共にありますから。飛びたいなぁって空を見上げても、地面に埋まってたら身動きも取れない……」

軽口のつもりで返した言葉に、陽介は唇を噛んだ。一度月也を見上げ、ふらふらと視線をさまよわせ、うつむいた。

（僕は……）

自由になりたいと思っていた。自由になるために、ここまで来ていると思っていた。

農業とは関係のない、教育学部に進んだのも。東北ではなく、首都圏の大学を選んだのも。「日下」を離れるために決めたことのはずだった。

けれど、本当はどうだったのだろうか？

顔だけ出して空を見上げて、憧ればかりを口にしていただけかもしれない。頭で考えているだけで、心はずっと、土の中に埋もれたままなのかもしれない。

実家で作っている根菜類のように。主要な部分は大地の中で肥大化し、動けなくなっている。

「埋まってんなら……」

つないだままだった手に、月也が力をこめた。

「引き抜けばいいわけ？」

ぐっと引っ張られる。麦茶をこぼしそうになりながら立ち上がった陽介は、パチパチと瞬きを繰り返した。

月也の手が離れた、手のひらを見つめた。

「俺が死にたがりなら、陽介は埋もれたがりだな」

「は？」

「放っとくと『日下』に埋もれそうになってんじゃん。真面目なんだかお優しいんだか分かんねぇけど、お前それ、面倒くせぇからな」

「面倒って、先輩に言われたくないですよ！」

「お互い様だからねぇ」

ケラケラと笑いながら月也はソファを乗り越える。そうしないと辿り着けない部屋。これもまた、実家を頼らない影響だ。タダでもらえるからと集められた家具は、居間のサイズ感を無視している。

「お互い様、か」

陽介は少しだけ笑って、リビングテーブルにマグカップを置いた。洗うのは起きてからでいいだろう。あくびをこぼしつつ電気を消す。感覚を頼りにソファを越えた。

月也はとっくに、タオルケットにくるまっていた。

「実はさっき、黙ってた話があんだよ」

寝てはいなかったようだ。陽介は「なんですか」と返しながら、眼鏡を外した。

「日向望のメッセージ。なんか、あんまりにも出来過ぎてたし。俺の口から言うのもなぁって思って伏せた部分があんだよ」

「へぇ?」

「……やっぱやめるか」

「えー」

「分かった。お前が寝たら教えてやる」

それならと、陽介はわざと寝息を立てる。嘘だとバレバレだとしても、様式美みたいなものだ。月也もとりあえず納得して、ぼそ、と口にした。

エアコンの風に飛ばされそうなくらい小さな声は、それでも、恥ずかしがっていることを伝えてきた。

『夢の形はひとつではなかったわ。わたしには今、かけがえのないものが宿ってる。同じ空の下を一緒に生きていきたいと思える、たったひとつの命が宿ってる。

⊙・☽』

＊アストロノマー［astronomer］天文学者

第3話　言葉の森のビジブルライト

今年の夏は暑すぎる。

昼過ぎのワイドショーでは、静岡の気温が四十度を超えたなどと報じていた。そういうこともあって、陽介は最近、買い出しの時間を夕方に変えている。それでも、田舎のように土がなく、アスファルトばかりの都会は、いつまでたっても気温が下がらなかった。

（箱アイス買ってくるんだったなぁ）

ケースの前でしばらく悩んで、泣く泣く諦めてきたソーダバーのファミリーパック。これだけ暑いのだから、買い出しのご褒美にしても罰は当たらなかっただろう。後悔のため息をポストに吹きかけて、陽介は念のために蓋を開けた。

どうせ、チラシが入っているくらいだ。

資源の無駄なのに、と期待していなかったそこに、真っ白な封筒があった。

（先輩に？）

数日分の食材が入った重いエコバッグを持ち直し、陽介は封筒を取り出す。ひっくり返して差出人を見た瞬間、反射的に眉が寄った。月也にそっくりな字が綴る名は――

桂正之《まさゆき》。

父親だ。頻繁に電話もかけてくるくらいだし、いよいよ本当に「桂」に何かあったのかもしれない。

気になった。

妙な動悸もする。だからといって、他人宛の郵便物を開けるわけにはいかない。陽介はエコバッグの中に手紙も入れると、いつか抜け落ちるんじゃないかと不安をもたらす、錆びた外階段を上がった。

買い込んだ食材を玄関に置き、まずは洗面台に向かう。

お手製の布マスクを洗濯かごの中に放り込んだ。新型感染症が広がるまでは置いていなかったハンドソープを使って、指の間まで丁寧に手を洗った。うがいも済ませてから、食材を冷蔵庫に運ぶ。

うっかり、桂の手紙も冷凍しそうになった。

視界に入ると気になってしまう。陽介はさっさと、月也のパソコンデスクに持っていった。ベランダで洗濯物が揺れていたけれど、一休みしようと、麦茶を準備してテレビを点けた。

八月十八日。

世界の感染者数が二一〇〇万人を超えた。死者数は七十七万人。

毎日のように飛び交う数値から考えると、日本国内は落ち着いていると錯覚しそうになる。それこそケタが違う。だからといって、不安がないとは言えない。まして、子どもは尚更に、複雑な感情を抱えている。そのことが、国立成育医療研究センターのアンケートに表れていた。

『感染を秘密にしたい』

『感染した子とは、あまり遊びたくないと思う』

複数回答が可能となっているアンケートだから、少し曖昧な点もある。それでもはっきりと否定的な回答をした子どもが、三割はいたようだ。

(まぁ、言えないよなぁ)

月也がいなくても左寄りに座ってしまう臙脂色のソファで、陽介は麦茶をすすった。今日はPCR検査センターでのバイトの日だ。帰りは九時を過ぎるだろう。

夏バテの気配があるから、夕飯はそうめんを考えている。ナスとピーマンの素揚げを添えて、しょうがと梅干でさっぱりといただけるようにすれば、きっと食も進むだろう。下ごしらえはほとんど必要ない。帰宅予想時刻から逆算すれば八時からの準備で間に合う。

(桂の誰かが感染したなら、連絡取りたがるかな)

あり得そうだ、と陽介はマグカップの中で氷を鳴らす。身内には伝えておきたい話だけれど、よそには広めたくない。日下にも秘密にしたい、という気持ちも想像できる。

では、誰が感染したのか。考えなければならないほど、桂本家の人は多くない。

父と母と、月也だけだ。

祖父母は月也が刺される四歳よりも前、彼の記憶にも残らないうちに亡くなっている。事故死だったということしか、月也も分かっていないようだ。

父からは手紙が届いている。消去法で、感染したとすれば母になるだろう。

「……ないな」

呟いて、陽介は麦茶を飲む。

つい最近接触があったのならまだしも、大学進学以来二年以上も接点のない人物に、わざわざ感染を報せたりしないだろう。濃厚接触者にも当たらない。身内ではあるけれど、距離感は他人と同じだ。

(なんなのかなぁ、あの手紙)

キーボードに挿してきた白い封筒が、陽介の脳裏をちらつく。忘れろと念じるほどはっきりと。いっそ「日下」に探りを入れてしまおうか。そんな誘惑にかられた時、リビングテーブルの隅っこで充電していたスマホが、軽く振動した。

着信を告げるランプは赤だった。

理系探偵への依頼だ。

【ニックネーム　おばあちゃんさん】

理系探偵さん、はじめまして。おばあちゃんです。あなたのおばあちゃんではありません。ニックネームです。少しむつかしいことに困っていたら、孫が教えてくれました。今は本当に便利な時代ですね。どんなことでも簡単に、調べてしまえるし、専門家を頼ることも簡単にできてしまうんですもの。わたしがお願いしたいことというのは、三十年以上も前の過去から送られてきた葉書のことなんです。それが、何を書いているのかわからなくって、それを教えてもらいたいのです。

（改行……）

使い慣れていないことが伝わってくる詰まった文章に、陽介は目が滑った。マグカップをテーブルに置いて、片手で眼鏡を外す。ブリッジをつまんでいない中指と薬指で眉間を揉んでかけ直した。

孫にアドバイスされたので、写真を送ります。ちゃんと見えるでしょうか。このような葉書が届いたのです。宛名面には懐かしい人の名前がありました。新型感染症を患ってしまったから、死を覚悟したのだそう。終活をかねて身辺整理をしていた時に、お別れをした、三十年以上前に送り損ねた葉書を見つけて、届かないかもしれないと思っても、送ってくれたのです。それがこうしてちゃんと届いたのだから、奇跡と呼べるのかもしれません。それなのに、わたしには何を伝えたかったのか分からないのです。


改行のない文面に慣れ始めた頃、少しぶれた写真が現れた。

すっかり黄ばんだ縦向きの葉書には、横縞が描かれている。六色、と考えればいいのか悩ましいのは、上部のスペースが「白」として表現されたのか、意図的に作られた「空白」か判断できないからだ。白ではなかった場合、葉書は五色の縞模様を描いたものとなった。

白（空白）・青・黄緑・水色・青・茶・水色・緑・青・黄緑
（ランダムにしては奇妙だな）

赤系統の色がない。白と判断して六色と考えておいて、決まった順番で塗っているわけでもないようだ。虹の絵を描きました、という印象も受けない。

かといって、メッセージ性を感じるものでもない。

「抽象画、でしょうか」

二十三時近く。陽介は夕飯の食器を洗いながら問いかける。いつものように冷蔵庫に寄り掛かり、依頼を確認する理系探偵、桂月也に向かって。

「だから眼鏡が曇ってるって言われんだよ」

呆れたように息をこぼした月也は、陽介のスマホをトースターの上に置いた。そうめんをゆでた鍋を洗いにかかる陽介のとなりに並ぶ。

「先輩？」

これまで一度も食器洗いを手伝ったことがないのに、珍しいこともあるものだ。陽介が首をかしげている間に、月也はあの封筒を取り出した。ビリビリと破き、洗剤と水が混ざり合った中に散らしていく。

「先輩！」

「よし」

「よくないですよ！　あーもう、にじんじゃってるし……これじゃもう読めないじゃないですか。ちゃんと読んだんですよね？」

「読むわけねぇし。思ったほどのクロマトグラフィーじゃねぇな、つまんねぇ」

「何がクロマトグラフィーですか！」

ああ、と喚きながら陽介は破られた手紙を集める。排水溝が詰まっても困るし、もはや読める状態でもないし、ゴミ箱に捨ててしまうしかなかった。

「え、クロマトグラフィーも知らねぇの？」

「そういう話はしてませんよ。クロマトグラフィーくらい知ってます。葉緑素の展開実験でやりましたから」

高校の生物の時間に。使ったのはホウレン草だった。

抽出液を使いホウレン草の色素を取り出して、ろ紙で作った短冊の原点となる位置に染み込ませる。それを展開液にセットすれば、色素の溶けやすさの違いから、光合成色素を分離して抽出できる。ホウレン草の場合、溶けやすいカロテンの黄色が原点から遠く、クロロフィルの青緑が原点寄りに現れる……。

「正確にはペーパークロマトグラフィーですけどね！」

「いや。そこまで説明されるとは思ってなかったけど。えっと、ツッコミ入れた方がいいのか？　抽出液はメタノール・アセトンの三対一溶液で、展開液はトルエン」

「ツッコミたいのはこっちですよ。手紙ですよ。そうまでして伝えたい話があるってことじゃないですか。それを……」

「タバコ吸ってくる」

不機嫌さを隠さずに癖毛を掻き乱しながら、月也はキッチンを出て行った。「分からず屋！」と叫び、陽介は食器洗いに戻る。

（いくら殺したいほど嫌いだからって！）

手紙くらい、読んでやってもいいじゃないか。鍋の水を乱暴に切り、陽介はさっさと風呂場に向かう。いつもは用意する食後のお茶を、今日ばかりは淹れる気になれなかった。

シャワーで汗を流しても、さっぱりとした気持ちにはならなかった。不貞寝してしまおうと自分の部屋に向かいかけて、布団を移動していることを思い出した。

こんな日は、寝床を自室に戻したくなる。それには、熱帯夜がひどすぎた。不機嫌オーラをタオルケットに行き渡らせ、陽介は月也のパイプベッドに背を向けた。

シャワーを終えた月也も、無言でベッドに上がる。陽介と同じように不愉快さをにじませてタオルケットを広げ、壁を向いて丸くなった。

「…………」

「…………」

互いに、起きていることだけは分かった。

先に口を開いたのは月也だった。

「あいつの字、俺に似てるからムカつくんだよ。自分じゃねぇのに自分からのメッセージみたいで。電話は電話で、お父さんかと思ったとかそっくりとか。似てる似てるって、嬉しそうに言われる気持ち悪さ、お前なら分かるんじゃねぇの」

「……まあ」

「似てることの何がいいんだよ。俺はあいつのスペアじゃない。俺は俺なのに。似てるから価値があるみたいに……あいつなんて、アインシュタインすら分かってねぇような馬鹿なのに」

「うちも。僕が台所に立つと顔しかめるんですよね。それでもまあ、父は何も言いませんでしたけど、祖父なんて、僕が作ったものは食べてくれないんです。調理師には当たり前に男性がいるんですけどね。『家庭』は違うようですね」

「ネットワークも分かってねぇから、Ｗｉ－Ｆｉ設定してやったの俺だし。わざと割高のプランで契約してやったけど」

「雑巾縫ったりするだけで文句言われましたね。編み物にはまった時は、帽子を作ってあげたんですけど、父も祖父も使ってはくれませんでした。母や祖母にはウケたんですけどね。祖父のせいで使ってもらえませんでした」

「あいつのできねぇことしてやっても感謝すらしねぇくせにさ」

「イメージ通りのことをすると褒めてくれるんですよね」

「さすが桂だってな」

「日下の長男だって」

同時にため息をつく。そうやって、「枠」にはまるように育てられていたのだろう。昔ならそれでうまくいったのだろうけれど、今はもう違う。情報があふれ、自分の目で見比べることが可能となった。

自分で選び取れることを知ってしまったから、「家」はいっそう窮屈になった。

「それで。眼鏡のどこが曇ってたんですか？」

「このタイミングで、その話題に飛ぶのかよ」

呆れたように月也は笑う。「だって思い出したから」と陽介は仰向きに体勢を変えた。

やっぱりあの町とは違う暗さの中、室内灯のスイッチ紐が、エアコンの風に揺れていた。

「簡単なことだろ。あの葉書が抽象画なり風景画なり、とにかく『絵』だったとするなら依頼は来ないんだよ」

「……」

月也の言葉の意味を考えてみる。絵だったなら依頼は来ない。

（絵は、感じるもの……だから？）

あの縞模様を「絵」として見ていたなら、おばあちゃんは何を思おうが自由だった。どういうメッセージを感じたとしても、作者の意図とは違っていたとしても、芸術だったなら自由だ。正解はなく、依頼する意味もない。

「依頼人は、あれを言葉だと考えたってことですか？」

「ああ。少なくとも絵だとは考えなかったんだ。カラフルというには偏った色の並びの中に、感性とは違う意味があることを察した。依頼人の中に、そう思えるだけの情報があるってことなんだろう」

「それは、聞いてみないことには分かりませんね」

「ただ、あの縞模様を文字として考えたなら」

ベッドの上から腕が伸びてくる。陽介は察して、月也の手にスマホを渡した。そこだけ浮かび上がるようにブルーライトが光る。

「字数としては九～十字。同じ色を同じ文字とするなら、五～六文字。これ以上は無理だな。日本語なのか外国語なのか、さっぱり分かんねぇ」

「ヒントになるかは分かりませんけど。たぶん、おばあちゃんさんは旧家のお嬢さんですよ。長女で、婿養子を取るような立場だったんだと思います」

ん、と少しだけ不思議そうにした月也は、すぐに察したようだ。「ああ」と頷いた。

「三十年以上も前の住所か」

「はい。それだけ古い住所に今も住んでいるとは、なかなか考えにくいと思うんです。依頼文には『懐かしい人の名前』とありますから、途切れることなく連絡を取り合っていたわけでもない。それでも差出人は送ることを選んだ。変わらず住んでいる可能性を想像できたのだとしたら」

「旧家か」

「区画整理もされないような田舎でもあるかもしれません。うちみたいなものですね。三十年以上前、昭和の終わりどころか、それ以前の元号の時代から、あの家の位置は変わっていませんから」

「あー、うちの本宅も明治からあるって話だったな。ああいうのを重要文化財ってシンボル化するから、旧態依然の思考回路が残り続けんのかもな」

「僕らは平成の生まれなんですけどね」

「今は令和で。時代は変わってるっていってもねぇ。それで簡単に考え方が変わるなら、とっくに量子論も解明されてるかもしれねぇし」

ここで「量子論」という単語が飛び出してくるのが、あまりにも月也らしかった。思わず陽介が笑うとスマホが帰ってくる。そこには、丸い眼鏡に禿げ上がった頭、口髭と蝶ネクタイが印象的な男性の白黒写真があった。

「マックス・プランク。そのおっさんが一九〇〇年にエネルギーが量子化されるって考え方を導入したのが量子論の始まりなんだ。それから百二十年。量子論は相変わらず謎だらけで、大統一理論も見つからない。科学の世界がそんなオーダーなのって、それほど人の思考は変わらないってことなんだろ。考え方は量子飛躍できないんだ」

「そうですね……」

考え方は量子飛躍できない。

物理学が大雑把に量を捉える時に使うスケール、オーダーのように、十年、百年の単位で年月が経っても、それまでと全く違う人間になるわけでもない。もっと大きなオーダーが必要になるのだろう。

今日から令和だから、家父長制なんて飛び越えて、自由に生きていいですよ。そういうことにはならないのだ。量子のように値が飛ぶことはなく、連続的。その連続性が重要視され、親世代は繋いできたことに誇りと自信を持っている。

「僕がおかしいんでしょうか」

「なんで？」

「だって。三十歳ほどしか違わない父は、当たり前のように『日下』なんですよ。僕は先輩みたいに殺されそうになったわけでもないですし。それなのになんで、こんなに馴染めないんでしょうね」

どうして、日下の「枠」にはまらないものばかりに、心惹かれるのか。

情報があふれているとしても、枠に収まるものを選んだってよかったはずなのだ。

「突然変異とか？」

「えー」

「いや、冗談でもないんだって。生物はそんな簡単に飛躍はできねぇけど。いつまでも同じままだと、ちょっとしたきっかけで絶滅するかもしれねぇだろ。だから、種を残すためにはランダムな変異は必要なんだよ。それこそ多様性ってやつ」

「なんか、壮大な話になってきましたね」

単なる家族の問題だったはずなのに。みっともない反抗期で片が付きそうな問題も、科学の徒の手にかかると、種の保存レベルの大風呂敷を広げられてしまう。

「要約すると、それが『日下陽介という個体』ってことだろ」

「今度はまとめすぎです」

「わがままだなぁ」

「あー、それですね」

それが一番しっくりくる。わがまま。なりたくない。やりたくない。自分勝手に振舞っていたい。枠になんてはまりたくない。

わがまま――自分について少しだけ分かった気がした夜に、陽介が見た夢は。

毛糸の帽子をかぶって笑う、祖父のあり得ない姿だった。

翌日。依頼人のおばあちゃんは、予定時刻の二時間前にスマホを鳴らしてきた。

『あら、どうしましょう！　一時でしたのね。十一時だとばっかり……スマホの文字は小さくて困りますわね』

拡大できるんだよ、おばあちゃん。こそっと女の子の声が聞こえる。不慣れな祖母を手伝って並ぶ姿が想像できて、陽介はたまらず微笑んだ。

（仲いいんだな）

ほのぼのとした気持ちに、月也の暴挙に対する苛立ちが薄らぐ。月也は、ベランダのテーブルセットを陽介の部屋に運び入れるという、暴挙を働いたのだ。

居間にはエアコンがなく、冷やすには別の部屋ごと冷やさなければならなかった。おそらく十二畳を超える。それは無駄な出費だ。けれど、それぞれの自室には、くつろぐのにちょうどいいテーブルも椅子もなかった。

それならば、と手近なテーブルに白羽の矢が立つ。

ベランダのアイアンテーブルセット。

畳の上にパイプベッドを置けるがさつな月也は、「外は暑い」の一言で決行してしまった。

普段は使わない陽介の部屋のエアコンをオンにした後は、満足そうに冷風を受けていた。

さも素晴らしい仕事をした、とでも言いたげに汗を拭った横顔を思い出し、陽介はまた腹が立ってくる。ゆるゆると頭を振って、依頼に集中するようにと己を叱責した。

「時間はありますから、大丈夫ですよ」

よそ向きの声で告げて、月也はマグカップを傾けた。同時に組み直された脚が長く、陽介は舌打ちしたくなる。目を逸らせば、畳に傷を見つけてしまった。

『ああ、それならよかったわ。それで探偵さん。葉書の謎は解けまして？』

「申し訳ありませんが、あの写真だけではとても……そこでお聞きしたいのですが、あなたはどうして、あの葉書にメッセージがあると考えたのでしょうか。ただの縞模様、絵画と考えなかったのは何故でしょう？」

『ああ、そうね』

スマホの向こうで、かちゃ、とささやかな音が立つ。陽介の頭には、青い小花模様の上品なティーセットが思い浮かんだ。

『彼は……差出人は、絵を描けない人だったんですの。絵を描こうとしてもガチャガチャと騒がしくて、気分が悪くなってしまうって言っていたわ』

「気分が悪くなる？」

『あら、助手さんもいるのね！』

おばあちゃんの声がはねた。ほらほら、と密かに孫娘に語り掛ける。探偵と助手はセットなのよ、と自慢そうだった。

「口出ししてすみません。でも、気分が悪くなるってどういうこと？　絵にトラウマがある人だったとかかな」

『わたしもよくは分かりませんの。でも、病気ではなかったようよ。本当に、文字通りに騒ぐんだって言っていたわ。絵の具を塗ると喋り出すんですって。おかしいわね。やっぱり彼は病気だったのかもしれないわね』

「そっか。それでおばあちゃんさんは、葉書が絵じゃなくて別のものだって感じたんだ」

『そうね。きっとそうだわ』

ふふふ、とおばあちゃんは楽しそうだ。きっと、大切な人から届いた葉書なのだろう。スマホを通しても伝わってくる浮かれた空気とは裏腹に、テーブル越しの月也は眉を寄せている。カップを持たない左手は、小刻みに天板を叩いていた。

陽介は、テーブルに並ぶ二台のスマホの一つ、月也のものに文字を綴った。

【禁断症状?】

【タバコじゃない】

【何?】

【予感】

この依頼には何か嫌な気配がある、と月也は感じているらしい。陽介は首を捻った。三十年越しのメッセージのどこに、そんなものがあるのだろうか。依頼人もほのぼのとしているばかりだ。

【解けた?】

【まだ】

葉書の意図が理由でもないらしい。

「……依頼人は、絵の具のお喋りについて何か、聞かされたことはありましたか」

『え、そうねぇ。それとは違うかもしれないけれど、おかしな話はしてくれたわ。向日葵は黄色いけれど、藍色から始まるとか。ししとうは青色だとか。あまりにおかしかったから目医者さんを紹介したけれど、何も悪いところはなかったのよね』

「ええ、それは確かに、眼科医では分からなかったでしょう」

月也は閃いたらしい。自身のスマホを操作して、葉書の写真を表示する。今回はメモアプリを使った雑談のためよりも、写真を見ながら話すことがメインの目的だった。

陽介も、改めて写真を見つめた。カラフルというには偏った縞模様。

白（空白）・青・黄緑・水色・青・茶・水色・緑・青・黄緑

「ししとうは青でしたね」

月也の細い指先が、写真を加工できるようにする。文字を書き込んだ。

白（空白）・青〈し〉・黄緑・水色・青〈し〉・茶・水色・緑・青〈し〉・黄緑

「まさか、これって……」

『あら。何か分かりましたの？』

「ええ。おそらく差出人は『共感覚』だったんです。脳科学的にもまだはっきりとしたことは解明されていませんが、一つの刺激に対し二つ以上の感覚を生じる人がいます。音に味を感じる、文字に色を感じるといったように」

『彼が、共感覚……』

　ほぉっと吐き出された依頼人の息には、どこか甘さがあった。共感覚。多くの人は持たない特別なものを持っていた人と、親しくできたことへの歓びだろうか。

「向日葵が藍色だとすると、母音が『i』だと青系統の色になるのかもしれません」

『そうだわ！　犬は水色だって言ってましたもの』

　白（空白）・青〈し〉・黄緑・水色〈い〉・青〈し〉・茶・水色〈い〉・緑・青〈し〉・黄緑
「黄緑はどうでした？」

『黄緑……田んぼは同じに見えるって言っていたことかしら』

「茶色と緑についてはどうでしょう」

『茶色はティーの色だと思えば納得できると言っていたわ。でも、紅茶に添えるマーマレードは緑色だから不気味だって』

「茶色がて、緑がま、ですね」

　白（空白）・青〈し〉・黄緑〈た〉・水色〈い〉・青〈し〉・茶〈て〉・水色〈い〉・緑〈ま〉・青〈し〉・黄緑〈た〉

　――したいしていました
「死体していました？」

　現れたメッセージに陽介は顔をしかめる。『死体ですって！』と、スマホの向こうでも悲鳴が上がった。おばあちゃん、と孫娘が慰めにかかっている。

「どういうこと？　三十年越しのメッセージが死体って。まさか、罪の告白だったってことじゃあ……」

「君の想像力が豊かなのは承知していますが、ポイントはその『三十年』です。この点についてはぼくは、古びた葉書の写真を見た時点でピンと来ていましたよ」

物理ですから、と月也は微笑んだ。

（物理だから……）

言葉を頼りに、陽介は写真を観察する。全体的にくすんでいるのは経年劣化のためだ。謎が明かされた今、赤系統の色がないことは、たまたまそういうメッセージだったのだと想像できる。そう考えて、陽介は見落としに気が付いた。

月也は「白」について依頼人に問わなかった。

彼の中に、最初から白色はなかったのだ。

「……退色」

「エクセレント。この空白にはおそらく、赤系の色が塗られていた。赤はとても褪《あ》せやすい色ですから、時間と共に白っぽくなってしまったんでしょう。さて、依頼人。赤で思い出す言葉はありますか？」

『え、ええ……ほおずきは朱色。空はいつも茜色。子どものほっぺは真っ赤で可愛いなんて歌っていたわ』

「つまり、母音『o』が赤系統の色」

その中で、意味が通る文章にするならば。

——おしたいしていました
「お慕いしていました」

『まあ！』

おばあちゃんの声は少女のようだった。三十年越しに届いた葉書がラブレターだったのだから無理もない。なんてロマンチックな依頼だろうと、陽介はテーブルセットの暴挙を忘れて麦茶をすする。

よかったね、おばあちゃん。こそこそと入り込む孫娘の声も可愛らしかった。

「ところで依頼人」

月也の声は暗く冷たかった。陽介ははっとして、通信中のスマホをつかむ。見えない相手に笑顔を向け、報酬を期待していると告げて終わらせた。

予感——依頼に嫌な気配を感じていたのなら、月也がそれを放置するはずがない。捕まえて、膨らませて、依頼人の幸福を潰そうと考える。

母に殺されそうになったから。人の愛を知らないから。

世界が混乱し、日本すらもこれまでの日常を失った「緊急事態宣言」が発令されてすぐに、『世界なんていっそ滅びればいいのにな』

そう言えてしまえる彼は、人の不幸こそを優先する。家族に好かれなかった苦しみを、他人を使ってでも発散するように。

「何をするつもりだったんですか」

マグカップ越しに、陽介は月也を睨む。不服そうに口を尖らせた月也は、ハーフパンツから加熱式タバコを取り出した。ちら、と窓の向こうに視線を投げる。あまりに白い日差しにうんざりした様子で、ぐったりとテーブルに突っ伏した。

「別に。ちょっと、差出人が不倫相手だったのか聞いてみたかっただけ」

「お孫さんの前で？」

「その場にいる方が悪ぃんだよ」

「逆ですよ。いるなら遠慮するのが筋でしょう。そもそもどこからそんな設定が出てきたんですか」

設定じゃねぇし、と月也はゆっくりと瞬く。重そうに起き上がり、結局窓を開けた。うめき声を上げて引き返す。

「無理。廊下にしよう」

「あー、南向きでしたっけベランダ」

昼間は家庭菜園のナスも殺すような気温と直射日光だ。布団干しには向いていても、喫煙には不向き。油断すればすぐに熱中症になるだろう。

玄関は北向きだ。錆びた柵の設置された外廊下の気温ばかりはどうしようもできないけれど、日差しは遮られていた。

「それで。どうしたら不倫になるんですか？」

麦茶と氷を足して玄関を出ると、月也は煙を吐き出している。うねるような前髪を汗に貼り付かせてまで吸う価値が、陽介には分からなかった。

「いや、依頼人の年齢を概算してみただけだって。ちらちら混ざり込んできた孫は、低く見積もっても十歳くらいだろ。親が二十歳ん時の子どもだとして、親は三十歳。つまり、婆さんの子であるそいつが生まれたのが三十年前ってことになる。それってちょうど依頼人が、葉書の差出人と別れた頃になるなぁって思ってさ」

「あ……」

「年齢が下がれば、まあ、問題はなくなるんだけど。上がると不自然なことになるだろ。あの婆さんは家庭がある状況で、三十年も想いを忘れないような『彼』と関係があったことになるんだから」

陽介は眉を寄せ、ずず、と麦茶をすすった。「三十年越しのラブレター」というロマンチックなムードが、夏の影のように濃く、じっとりと湿ったものに変わった気がする。

「お前が通信切っちまったから、これは空想止まりで確認できなかった話だけど。婆さんが陽介の見立て通りに旧家のお嬢様だったんだとしたら、もしかしたら、家柄のために諦めた恋だったのかもしれない。それはちっとも美談じゃねぇって、壊せる奴が壊さないのは迷惑だって、言ってやってもよかったかなぁって」

「僕のため、ですか？」

「いや。俺の八つ当たり」

ひゅうっと月也は細く煙を吐き出した。

ちょうど、手紙が届いたタイミングだった。月也の場合は、懐かしい便りでも、恋した相手でもなかったけれど。ペーパークロマトグラフィーとして捨てられたあれは、それでも彼の心を乱したのだ。

「昼ご飯、遅くなっちゃいましたね。何がいいですか？」

「俺はいいよ。食欲ねぇし」

「やっぱり夏バテしてますね。梅と刻みしょうがのお茶漬けとかなら食べれます？　あ、オクラ納豆のネバネバ丼とかも元気が出るかもしれません。パラパラっと鰹節散らして。キュウリも買ってありますから、冷や汁なんかもいいですね」

ほかには豚肉を使った料理が、夏バテには効いたはずだ。冷しゃぶができれば、と陽介が悔しがっていると、月也は暗い目を細めて笑った。

「楽しそうだねぇ」

「もちろん。プロになるつもりはないですけど、料理は好きですから」

「陽介はさ、それでいいんじゃねぇの。本当はどこにも埋まってるわけじゃないんだからさ。好きなように自由に、どこに行ってもいいんだ。ここにいる必要だって――」

「自意識過剰」

ふん、と陽介は月也の言葉を終わらせる。持ったままだった白いマグカップを、彼の右手に押し付けた。

「僕は別に、先輩のためにここにいるわけじゃありません」

確かに、一人にするには不安要素の多い人物だ。完全犯罪が閃いた暁には、親を殺してしまうだろう。それを達成できたなら、自分すらも殺そうと考えている。

放っておくには危険すぎる人物。

それが桂月也だった。

「そりゃあ最初は、見張りのつもりでいましたよ。ルームシェアも、先輩を止めるために選びました。一緒にいて家族ごっこでもしていれば、先輩も変わってくれるかなぁって。でも、違うって気付いたんです」

きっかけは、新型感染症だったのだろう。

家族ごっこなどと生ぬるいことを言っていられないほど、強制的に一緒にいなければならなくなった。「理系探偵」を通して、これまで以上に様々な考え方に触れた。

その中で、とうとう月也が事件を起こそうとした時。

梅雨の雨の中で、陽介は分かったのだ。

「一緒に生きようと思えること。それが僕の考える『家族』だっただけです」

微笑んで、陽介はすぐそばの外階段を見る。

六月の終わり頃の話。あの日はずっと、雨に濡れながら月也を待っていた。戻ってきてくれると信じていた。

「とても光栄とは思えねぇな。どうして俺なんかと生きたいんだよ」

「んー、理由を表せるような言葉は存在しないんじゃないですかね」

ベランダ並みに錆びだらけの落下防止柵に寄り掛かり、陽介は首を反らす。見上げた空は、あの日、雲の切れ間に見つけた空よりもずっと青かった。

入道雲が成長していた。

「例えばほら、神楽の時とか」

あの田舎町で行われる、秋祭りの儀式を思い出す。祭り——町を挙げての宴の始まりを土地神様に伝えるために、最初に行われるのが奉納神楽だ。その舞は代々、桂と日下に受け継がれている。

「中学の時からやらされてたでしょう。でも、高校に入って先輩を知るまでは、僕は先輩を嫌ってたわけで。仕方なく練習してたから、会話とかもほとんどしなかったじゃないですか。それでも『間』が合ってたような、あの不可思議な感覚ですかね」

「あー、言われてみれば」

「あの空間を作り出せる感じというか。科学部の時もそうでしたけど。一番近いニュアンスで『僕が僕として生きられる』からですよね、あの日も言いましたけど」

つまりは、自分勝手だ。

自分が生きるために、月也を利用している。

「やっぱり僕はわがままですね」

陽介が苦笑すると、月也はふっと最後の煙を吐き出した。

「ところで。冷や汁って何？」

「え、知らないんですか。テレビでも紹介されてるのに」

「せんべい汁なら知ってる」

「それはあの町の郷土料理でしょう。冷や汁は宮崎県です。すり鉢を使って、焼き魚とかゴマとかを味噌と一緒にすり合わせるんですけど。すり鉢はないですし、面倒なんでサバ缶で作ってみようかなぁって」

知らないなら、今日の昼は冷や汁にしよう。メニューを決めた陽介は、先に室内に向かう。エアコンを切っていても、外に比べたらずっと涼しかった。タバコを吸い終えている月也も、カラカラとマグカップの氷を鳴らしながらついてきた。

「陽介の言ってた空間って『ヒッグス場』のことじゃねぇかな」

冷蔵庫に寄り掛かった月也は、いつものように訳の分からない、物理学による再解釈を始める。サバ缶を開けた陽介は、半分聞き流しながら相槌を打った。

「本来質量がゼロである粒子に、質量を与えるものなんだけど。ヒッグス場が粒子に及ぼす抵抗が、質量として感じられるんだ。つまり粒子は、環境の影響で質量を得ることになる。だから環境――ヒッグス場の値が変われば質量も変わる」

「環境が人を作る、みたいな話ですねぇ」

キュウリを薄い輪切りにしていると、月也は笑った。カラン、と氷が涼し気に鳴る。

「あー、そうかも」

「じゃあ、僕を作る『場』が先輩ってことだったんですね」

「正確には、そういう数値を持つ場、だな。ヒッグス場には二四六の値があるから。違う数値だと、また違う性質になったんだろう」

「ちょっと分かった気がします」

サバ缶と味噌を混ぜ合わせる。すりごまを出し忘れていることに気付き、冷蔵庫から取り出してもらった。

『場』は『人』なんですね。人によって性質が変わる。僕が『僕』ではなく『おれ』になるように。先輩が『俺』ではなく『ぼく』になるように。様々な数値がある中で、唯一自分らしくあれる数値だから、先輩は特別なんですね」

「…………」

「そっかぁ。先輩の物理解釈も慣れてくると面白いですね。小難しいだけで意味不明だって思ってましたけど、先輩って案外、人のこと好きでしょう？」

「なんでそうなんだよ」

「三毛猫さんの量子論の話も、今の話も、先輩なりに人と関わろうとしてるって感じるからです。自分の好きな物理に置き換えて一生懸命考えてるんでしょう？　わぁ、なんか嬉しいですね」

「……お前がそういう『場』なんだろ」

マグカップの中に、舌打ちのようにこぼされる。聞き止めた陽介は、どんぶりを棚から出しながらくすくすと笑った。

「じゃあ、ずっと側にいないと」

違う場の数値によって、完全犯罪者にならないように。死にたがりが顔を出さないように。不安定になることなく、生きていられる「場」であれたなら。

――願いは、夜。

実家からの着信に打ち砕かれた。

「……じいちゃんが死んだ？」

ベッドの上で、実在に関する本のページをめくっていた月也の手が止まる。タオルケットに胡坐《あぐら》をかいていた陽介は、ぼんやりと眼鏡を押し上げた。

「明日……通夜。え、うん。今からバスは無理だから。分かった。朝一の新幹線で帰る」

へばね、と母につられて使ってしまう故郷の言葉で電話を切る。そのまま、スマホを握ったままの手を、陽介はだらりとおろした。必要以上に瞬きながら月也を見上げた。

「陽介。大丈夫か？」

「え、はい」

「戻ってこいよ」

「………」

言葉が出なかった。唇を噛み、陽介はうつむく。あの日――月也を待っていた時にできた、スマホのひび割れを見つめた。

――埋もれる。

息苦しさにめまいがする耳に、がらがらがら、と低い音が聞こえてくる。

遠雷が響いていた。

＊ビジブルライト［visible light］可視光線

第4話　フィジシストの誤謬《ごびゅう》

八月二十日。

お盆が過ぎたことも原因ではあるだろうけれど、それ以上に、新型感染症の影響が大きいだろう。東北新幹線の改札口は、記憶よりもずっと人の姿が少ない。

その人たちはみんな、マスクで顔の半分を覆っている。半袖にマスク。季節感が滅茶苦茶に思えて陽介は苦笑した。

「ＧｏＴｏトラベルって感じがないですね」

「こっから行くのは除外されてるし。下手に田舎なんか行くと、脅迫文送られてくるかもしれねぇからな」

「ああ、ありましたね」

お盆少し前のニュースだ。東京から青森市に帰省した男性の家に、さっさと帰れと中傷する手書きの文書が置かれた。玄関前にということだから、近所の人の仕業だったのだろう。続報がないから犯人についての詳細は分からなかった。

ＰＣＲ検査で陰性が判明していても、「そういうこと」が起こり得る。

事件のあった地域は、陽介たちの地元とは違っている。それでも、同じ地方とも言えることを考えると、空気は重くなった。

「まあ、日下に対してはねぇだろ。まして葬式だし」

「そうですね。仮にも次代の『日下』ですしね」

「は？」

「え……」

自分で口にしておきながら、陽介は戸惑う。誤魔化して笑った唇が、ガーゼマスクの毛羽立ちにふれた。気持ちが悪くてうつむき、陽介はデイパックを背負い直す。

着替えは数日分だけだ。

数日――葬儀が済んだら帰る。そのつもりだった。

「……そろそろ行きます」

「おう」

「ちゃんと食べてくださいね。常備菜、少しは残ってますから。レトルトでもコンビニでもいいから、ちゃんと食べてください」

「はいはい」

「洗濯物も溜め込まないでくださいよ。夏場は臭いますから。シャワーのあとは換気扇。トイレの電気は消す。家の鍵も——」

「分かってるって！」

「本当に大丈夫かなぁ」

「心配なら行かなきゃいいだろ」

「そうですね」

そうしよっかな、と言葉にしつつも陽介は月也に背を向けた。去年のお盆に帰って以来だから、一年ぶりになる改札機へと歩き出す。切符を通す前に顔だけで振り返った。

「さよなら、先輩」

胸をざわつかせる予感のせいで、言わずにはいられなかった。できるだけ笑顔で、と思ったけれどうまく笑えたかは分からない。

こんな時、マスクは都合がよかった。

唇が歪んでいても、笑えていなくても、月也には見えないのだから。同じように彼の表情もよく分からない。マスクの上の暗い目は、癖の強い前髪に隠されていて、何を思ったのかを伝えてはこなかった。

言葉も返ってはこなかった。

——さよなら、先輩。

六月の終わり。桂月也が死を選んだ日に乗ったダイヤと同じ、六時三十二分発の新幹線に乗り込む。座席に向かう気にはなれず、陽介はドアの丸みを帯びた四角い窓に額を押し付けた。

ブルージーンズのポケットで、スマホが震えた。

【ばーか】

月也からのメッセージは、あまりにも彼らしかった。だから、かえって返信が思い付かなかった。スマホの上で親指をさまよわせているうちに、今度はスタンプが届く。

水素分子のイメージイラスト。

Hが書かれた丸二つが、短い直線でつながれている。

「……」

そう来るか、と陽介はスマホを握りしめた。

水素は原子一つの状態では不安定だ。だからもう一つの水素原子と電子を共有し、H2の形を取ることで安定する。

この世界を作り出す、あまりにも小さな構成要素ですらそうなのだ。一つではいられない。だとしたら、それらを含んで形作られる人は、どうなのだろう？

（先輩だって馬鹿ですから）

トークアプリには返さずに、心の中だけで答える。短く息を吐き出して、陽介は指定された座席に向かった。始発でもあるせいか、ほとんど貸し切りと言っていいほどに、乗客はいなかった。

座ると、結局スマホをいじる。目的があるわけでもないから、見るともなしにニュースサイトを眺めた。朝早すぎて、昨日の記事ばかりだ。興味を引かれることもなくスワイプで飛ばしていると。

（この絵……）

見覚えのある絵柄の、電子コミック広告が入った。普段は無視するそれに指先を向けたのは、月也に返す言葉を見つけられるかもしれないと期待したからだ。

さよなら、と思わず言ってしまった。

このまま何も返せずにいると、それが真実になってしまう気がした。けれど、うまく話題を変えられる気もしない。その中で、この絵に出会えたのは、救いのように思えた。

（もしこれが、金井《かない》さんなら……）

高校時代の共通の知り合いなら。月也との話を、自然に盛り上げられるかもしれない。

そうあることを願って、広告をタップした。

（やっぱり、金井さんだ！）

記憶と同じペンネームに、陽介は嬉しくなる。彼女は夢を叶えたのだ。高校時代、あんな事件があったというのに。

（あれって、未解決だったよな……）

桂月也が関わっていたのに、事件は宙ぶらりんで終わっていたように思う。どうしてそういうことになったのだったか。

あの町へと近付いて流れる車窓に、陽介は思い出を重ね見た。

科学部部室たる物理実験室まで、あと三歩というところだった。「日下くん！」と背後から、甲高い声が呼びかけてきたのは。無視したい気持ちを陽介はどうにか抑えつける。寄ってしまった眉を誤魔化すために、眼鏡のブリッジにふれた。

「なにぃ？　おれ、これから部活なんだけどぉ」

迷惑だという気持ちを口調に込めたところで、眉間を気にする矛盾に気付いた。とっさに表情を誤魔化そうとしてしまったのは、どうしても「日下」である部分を拭えないからだ。町の相談役たる「日下」。継がないつもりでいても、否応なく身についてしまっている部分もある。

「ごめん……」

声を掛けてきた女子、陽介と同じ一年の草間才華《くさまさいか》は、しょんぼりと頭を下げた。左右で結ばれた髪が揺れる。みつあみにしていなくても「おさげ」というのだろうか。ふとよぎった疑問を、陽介はなかったことにした。

「でも。やっぱりこういうのって、日下くんの出番だと思って」

「いやいや、おれに出番とかないでしょ」

何があったか知らないけれど。陽介は軽い調子であしらって、物理実験室のスライドドアに手を掛けた。開けるのを止めるように、才華は声を張り上げる。

「出番だよ！」

セーラー服の胸元を飾る白いスカーフを握りしめ、きゅっとこぶしを作った。

「だって、カナコが……カナコが事件に巻き込まれたんだから！」

「カナコって、確か」

才華と同じクラスで、同じサブカル部の女子だ。本名は金井心美《かないここみ》。線が細く、それでいて大胆な印象を受けるイラストを描く。けれど、文化祭で配布された冊子に載っていた漫画は、あまり陽介の記憶に残っていなかった。

いや、ある意味では残っていると言えるかもしれない。

――マネキンのようだった、と。

「事件なんて大袈裟だなぁ」

からから、と陽介はドアをスライドさせる。レールとの間に何か挟まったのだろう。最近妙な音がするようになった。

「大袈裟じゃないって。本当に事件なんだってば！」

「だったら尚更、おれの出番じゃないよ。先生とか警察とか、ちゃんと権力のある人になんとかしてもらった方がいいって」

「たぶんそういうんじゃないから、日下くんに来てほしいの！」

いやいや、とはぐらかしながら、陽介は実験室に入る。先に来て本に目を落としていた月也が、ふっと視線を向けてきた。

——さすが「日下」は大変だねぇ……からかうように笑う。

本当に、という気持ちを込めて陽介は眼鏡を押し上げる。ため息を呑み込んでから、陽介は渋々才華に向き直った。

「そういうって。一応聞くけど、どんな事件があったの？」

「助けてくれるのね？」

「だからぁ、それとこれとは別として。でも、何があったかも分からないのに、本当にそれには何もできないって決めつけるわけにもいかないっていうか」

「ビリビリにされたの」

これまでと打って変わって低く呟き、才華は再びこぶしを握る。声の静けさとは裏腹に震える手が、目の輝きが、かえって怒りを強調していた。

「カナコの漫画が。ビリビリに破かれて教室にばらまかれてたの」

教室というのは二年四組のことだろう。サブカル部は放課後、そこに集まって活動している。二年四組担任、国語教諭がオタク趣味で、その関係で顧問を引き受けているからだ。彼の担当クラスが変わるたびに、活動場所も変わるらしい。

だから、サブカル部は、活動に必要な道具を自分で持ち歩かなければならない。

「それはやっぱり、先生案件じゃないかなぁ」

息苦しさを与えてくる学生服の第一ボタンを外しながら、陽介は月也の方に向かう。本に目を落としてしまった彼は、もう顔を上げなかった。

「嫌よ。先生なんて呼んだら、活動停止にされるかもしれないじゃない」

「えー」

それが本音か、と心の中で舌打ちして、陽介はデイパックを下ろす。黒い実験台の上に置くとジッパーを開いた。途端。

香ばしさと甘さの混ざった、食欲を誘うかおりが広がる。

月也の目が、再びページを離れた。

「ドーナツ作ってきたんだけど。草間さんも食べる？」

「それどころじゃないから！」

「桂さんは食べるよね」

「もちろん」

千代紙のしおりを挟み、月也は本を脇にどける。タイトルは『心は脳にあるのか』。相変わらず訳の分からない本を読んでいる彼の前に、陽介はタッパーを置いた。

「ちょっと油っこくなってるかも。キッチンペーパーは敷いてきたけど」

「気にしません。ちょうど空腹でしたから」

「あと、お茶ね。金属と紅茶って相性悪いんだって。だからホットの麦茶だけど」

保温性の高い水筒と紙コップを取り出す。注ごうとしたところで、月也の手が両方を奪った。

「自分でできますから。行ってきていいですよ」

「……どこに？」

「金井心美のところに。本当は気になってるんでしょう？」

月也のくすくす笑いに合わせて、白い紙コップの中の麦茶が揺れる。「そうなの？」と才華は陽介の顔を覗きこんだ。口を曲げ、陽介はふいと二人から視線を逸らす。

「桂さんだって。事件とかそーいうの好きじゃん」

「……ぼくは、今はドーナツにしか興味ありませんね」

麦茶を一口飲んでから、月也はタッパーを開ける。シンプルなオールドファッションを一つつまみ上げた。

「行ってきていいですよ。待ってますから」

「だって。行こうよ、日下くん！」

力強く才華が誘う。左右に垂らした髪がぴょんとはねた。陽介は深く息を吐き出すと、デイパックからスマホを取り出した。

「荷物、置いてくから」

オールドファッション片手に、月也は右手をひらひらと振った。

現場は保存してあるの、と刑事ドラマでも気取るように才華は言った。

二年四組。西に面しているわけでもないのに、妙にオレンジ色の光が差し込んできているのは、平行に建てられた校舎の窓のせいだ。中庭を挟んでも入り込む西日の反射光に、金井心美が描いた漫画原稿が照らされている。

ビリビリに破かれて。

教室中にばらまかれた状態で……。

「第一発見者って誰だったの？」

後方のドアから入ってすぐに立ち止まり、陽介はさっと、サブカル部員の顔色を確かめた。この中に犯人がいれば、と思ったけれど、さほど表情に変化はない。

窓際後方の部員、陽介には名前の分からない女子部員は、セーラー服のスカーフの先をいじりながらうつむいている。上履きの紐の色が赤だから三年だ。高校は入学年度によって色を分けている。他に三年はいないから、彼女が部長なのだろう。

部長から机を一つ挟んだとなりに立ち、眉を寄せているのは、獅子堂勇《ししどういさむ》だ。陽介と同じ一年。クラスは陽介や才華、心美たちとは違う。それでも休み時間、三人一緒にいるところを頻繁に見かけたのは、同じ趣味だったからのようだ。

「あたしじゃないよ」

「うちも違うし」

双子のように揃って首を振ったのは、廊下側に並ぶ二年生の女子二人組。靴紐の色で学年は分かるけれど、名前までは分からない。

「じゃあ、オレが、たぶん」

小さく答え、半分ほど右手を挙げたのは、黒板前でぼうっとしていた二年の男子。「一組からだから、いつも一番乗りしてるから」と告げる声はぼそぼそとして聞き取りにくかった。袖口の飾りボタンが取れかけている点は、怪しいと思った方がいいのだろうか。

彼で、教室にいるのは全てだった。科学部が二人で成り立つのだから、部員六人は充分過ぎる人数だろう。

「……って。あれ、金井さんは？」

一人、それも肝心の被害者がいないことに気付き、陽介は首を捻った。答えたのは部長だ。

「心美は顔洗ってくるって」

「え、もしかして泣いたの？　カナコが？」

陽介よりも一歩分窓に近い位置で才華は目を見開いた。首を振ったのは部員全員だ。五人とも横に振り、勇が肩をすくめた。

「逆。泣けないから、とりあえず顔洗ってみるってさ」

「ポーズだけでもヒロインを気取ってみようとしたのかもしれないわね。そうすれば、心が分かるかもしれないから」

腕を組む部長は、重々しく息を吐き出した。その言葉に、陽介は引っ掛かるものを感じる。それが何かを求めるように、足元の紙片に手を伸ばした。

（心が分かるかもしれないから？）

破かれた原稿は、どうやらコピーされたものらしい。漫画用の厚みのある紙ではなく、ペラペラのコピー用紙で、トーンが剥がれることもなかった。

どういうシーンだったのか。

顔の左半分が溶け、中に歯車を見せる女性が、右の目から涙をこぼしていた。

それはたぶん、感動的なシーンなのだろう。けれど、細かく書き込まれた心美の筆遣いからは、それこそ「機械的」な印象ばかりが目立った。

——マネキンのようだ。

文化祭の時に抱いた感想を、陽介は思い出す。ストーリーがあっても、心が揺さぶられることのなかった金井心美の漫画。ただただ綺麗に整っているばかりで、熱量が感じられなかった。

熱くも冷たくもなかった。

『クリエイティブなことは俺には分かんねぇけど。ある意味では興味深いな。ここまで平坦で感動を与えないのも、一種の才能なんじゃねぇの』

文化祭終了後。放課後の物理実験室で陽介がもらってきた冊子を読んだ月也も、反応に困っている様子だった。他の部員が描いた四コマなどには、露骨に眉を寄せたり、呆れた笑みをもらしていたというのに。

「……とりあえず。このまま捨ててわけにもいかないから、拾いながら聞きたいんだけど」

陽介はもう一枚、今度はブロック塀らしきものが描かれただけの紙片を拾う。

「二年四組のホームルームが終わらなきゃ、部活動になんないわけだよね。さらに、人目のある所でこんな真似はできないだろうから……犯人には時間がなかったはずなんだけど」

「じゃあ、西山《にしやま》が犯人だね」

「にっしーが犯人だ」

「オレじゃねぇって！」

黒板前の紙片を拾い上げ、第一発見者こと西山が叫ぶ。拍子に、教卓の角に頭をぶつけた。それが愉快だったらしく、彼を犯人呼ばわりした、双子のような二人組がくすくすと笑った。

「えっと、西山さん。教室が空になってから、西山さんが来るまでって、だいたいどれくらいの時間あるの？」

「えー？　四組の様子知らないからなぁ……五分とかかも。あ、でも。早く来ようとすれば部長の方が早く来れるっすよね。真上の教室なんすから」

階段を下りればすぐだ、と西山は部長に矛先を向ける。窓際に散らばる紙片をつまみ上げた部長は、フレームの厚い眼鏡を押し上げた。

「あら。それなら獅子堂だって同じじゃない。真下の教室なんだから」

「そうですね。階段を駆け上がるだけだから……でも！　喜多見《きたみ》先輩と吾妻《あずま》先輩は二組ですよ。本当は西山先輩よりも早く来れるじゃないですか」

「あたしらは、準備に時間がかかるから〜」

「何故、一度出したペンは、ケースに戻っていかないのか……哲学だね」

「先輩詰め込み過ぎなんですよぉ」

才華が呆れたように息を吐いた。そんな彼女の手に、喜多見が漫画の紙片を渡す。

「でもさ。金井の原稿盗めるとしたら、同じクラスの草間じゃん？」

「だねだね。くさみーが犯人だ！」

吾妻が探偵でも気取るように、ビシッと人差し指の先を向けた。「あ」と陽介は眉間にしわを刻む。

二年四組の教室に、原稿をばらまく時間も問題ではあったけれど。

それ以前に、どうやってその原稿を手に入れたのか。

（サブカル部には「部室」ってないんだよな……）

だから、活動に必要な道具一式は、持ち歩くことになる。心美の鞄に入っている原稿を盗むとしたら、同じクラスの才華が容疑者として挙げやすいだろう。

けれど。「日下」を頼ってきた彼女が犯人などあり得るだろうか。そういう場合もあるかもしれないと唸りつつ、さらに紙片を拾った陽介は閃く。

「でも。これってコピーだよね。みんなに配ったとかじゃないの？」

「カナコはそういうことしないし。これ、まだ未完成だと思う。このコマ、ベタが途中だから」

手の中の紙片を才華は掲げた。漫画を描いたことのない陽介には分からないけれど、彼女の言うとおりに未完成なら、コピーを配ったりしないだろう。とはいえ、才華が嘘を言っている可能性もある——陽介の中にふと浮かんだ疑惑は、部長によって晴らされた。

「こっちはセリフが抜けてるわ」

「じゃあ犯人は、わざわざコピーを取ってから破ったってことになるね」

なんのために？　ますます首を捻りつつ、陽介は拾い集めた紙片を教卓の上に置いた。つられたように、部員たちも紙片を手に集まってくる。

七人で、教卓を囲む形になった。

「オレ、閃いたかも」

西山が気取って顎を撫でた。

「金井の自作自演なんだよ。オレたちが驚くところを見てやろうって——」

「確かに。『驚いた表情』を見れたのはよかったです」

教卓の輪から外れた場所で、音階のないフルートのような声が呟いた。金井心美だ。顔を洗いに行っていた彼女の重い前髪には、拭きそこなった雫が残っている。

そこに隠された目は、彼女の絵のように、感情を読み取りにくかった。

「これで今度からは、ちゃんと『驚いたキャラクター』を描けるかもしれません」

「それって自供ってことかしら？」

苛立った様子で腕を組み、部長が鋭い視線を向ける。心美はふるふると頼りなく左右に首を振った。それだけで、反論の言葉はない。

「もうさ、かないーの自作自演でいいと思うわ」

「そだね。それが平和的解決じゃん？」

「いや、先輩。どこが平和なんすか。なんか金井だけ損してるって感じするんすけど」

「えー？　じゃあ獅子堂は、うちらの誰かを犯人にしたいわけ？」

それは……と勇が口ごもる。ふと訪れた沈黙の中、一歩教卓に近付いた心美は、まっすぐに才華を見つめた。

「……才華がやったの？」

「え？」

「だって才華。わたしのこと嫌いになったんでしょう？」

からくり人形に思えるぎこちなさで、心美は首をかたむけた。才華は大袈裟なほどパチパチと瞬きを繰り返す。その目が部員たちの視線を捉えると、ふらりと一歩、逃げるように教卓を離れた。

「嫌ってないけど……？」

「じゃあどうして？　最近、わたしのこと避けてるじゃないの。前みたいに三人でお喋りしなくなっちゃったし」

「あー……」

声と一緒に才華は視線をさまよわせる。けれど、何も見ていないわけではなかった。彼女の目は、心美と勇の間をさまよっている。

草間才華と、金井心美と、獅子堂勇。

（三人が、二人と一人になるとしたら……）

陽介も教卓を離れる。ひょいと、誰のものかも知らない机を椅子にして、口ごもってしまった才華に変わって肩をすくめた。

「草間さんは、金井さんと獅子堂に恋愛関係を感じたんだよ。だから身を引いたってわけでしょ？」

「ちょっと日下くん！」

勝手に喋らないで、と才華は顔を赤くする。図星らしい。一方で、心美と勇の目は冷ややかだった。

「金井ってオレのこと好きだったの？」

「まったく興味ないです」

「え？　だって最近、すごく見てたよね獅子堂のこと」

「うん。恋愛はしてみたかったから」

なんとも矛盾したことを口にして、心美は教卓の上から漫画の紙片をつまみ上げた。なびいた髪の毛だろうか。ただ細く線が流れるだけの、何とも分からない部分だった。

「きた・あず先輩たちに言われたの。わたしの漫画に足りないのは『恋』だって。恋愛でもしてみれば、心の感じられる漫画になるってアドバイスされたから」

「それで獅子堂？」

どうにも微妙そうに、才華は勇の頭からつま先までを目線でなぞった。「オレじゃ不満かよ」と口を尖らせる彼を無視して、才華は小さく首を横に振る。

「獅子堂はないでしょ」

「うん。そう思ったけど、恋愛って興味なかったから。一番近い男子でも観察してみたらいいかなって。恋愛ごっこしてみただけ」

「そっかぁ。じゃあ、あたし、別に今まで通りでいいんだね！」

いいよ、と心美はにこっと笑う。といっても、どうにも作り物めいて見えるのは、線を引いたように左右対称の笑顔だからかもしれない。

（綺麗すぎると、ニセモノめいて見えるのか）

心美の漫画がマネキンめいて心を感じられないのも、もしかしたら同じ理由かもしれない。綺麗すぎるから。かえって「生」を感じられない。

「でも。才華が犯人じゃないなら、誰がこんなことしたのかな？」

才華に対する疑念を払った心美は、無造作に紙片を鷲掴みにする。ひらひらと落としてはつかんでを繰り返した。

「わざわざコピーして。わたしが嫌いなら、原画を傷付ければいいのに」

ひらひら、と心美の手から紙片が落ちる。反射した西日を受けるそれと、心美の横顔を眺めていた陽介は、あ、と顔をしかめた。

最初からあった違和感。

どうして犯人は「コピー」を準備したのか。

(傷付けることが目的じゃなかった?)

だとすれば……金井心美の漫画が散らばる風景を作りたかった、ということだろうか。

それこそ、なんのために?

(どうして、犯人はこんなことを……)

コピーを取るということは、その時間分だけ、犯行に気付かれる隙を与えることになるというのに。その危険を冒してまで、どうして。唸りながら眉を寄せた陽介は、ふと月也の言葉を思い出した。

『お前って、ホワイダニットから考えるとこあるよな』

ホワイダニット――動機。何故犯人は、その犯行を起こすに至ったのか。

理由ばかり考える、と月也に呆れられたのは、数日前の放課後だ。物理実験室で、「読者への挑戦状」のついたミステリ超短編集を読み合っていた時に、彼は三日月のように笑っていた。

『もっとシンプルに、機械的に考えた方が楽だろうに』

ハウダニット――方法。犯人はどのようにして、犯行を成功させたのか。

手順や動きを考えた方が、犯人に至りやすい。それは確かなようで、月也の方がミステリクイズの正答率は高かった。

(どのように、か……)

　今の場合なら、どうやってコピーを取るか。思考の視点を切り替える陽介の前で、心美は破かれた漫画を片付け始めた。といっても雑に、ぐちゃぐちゃとひとまとめにしているだけだ。

「……金井さん。原稿がなくなったタイミングとか、何か覚えてることってある？」

「んー……朝あったのは確かだと思うけど。アレに入れて持ってきてるから」

　心美は紙片でおにぎりを作る手を止めて、窓際の机を示した。サーモンピンクのディパックに立てかけて、プラスチック製のドキュメントケースが置かれている。

「でも、教室では出したりしないから、それっきり。さっきまでなくなってるのに気付かなかったくらい」

「そう……」

　今もまだ、心美のもとに原稿は返っていない。ということは、犯人が持ち続けているということだ。そして、それをコピーできたチャンスは、金井心美が登校してから放課後までの間——学校にいた間、ということになる。

　その状況で、コピーを取る方法は。

（コンビニまでの往復は、二十分はかかるから）

　昼休みを使えば可能かもしれないが、真っ昼間に学生がコンビニに滞在していたら、店員に怪しまれるだろう。それよりは、校内のコピー機を使った方が早い。けれど。それはそれで問題がある。

（コピー室の鍵は先生が管理してるんだよなぁ）

生徒が勝手に使わないように。利用者名簿に記入したうえで、ようやく鍵が貸し出される。校内でコピーを取ろうとすると、ここに証拠を残さざるを得ない。

どちらにしても、誰にも気付かれることなくコピーを取るのは不可能だ。

（え、不可能犯罪？）

誰かの机に座ったままで、陽介は両手で頭を押さえた。そんな陽介を尻目に、心美はボールにしたコピーを投げる。綺麗な放物線を描き、紙くずは、ドア近くのゴミ箱にすとんと落ちた。

「もーいいよ。才華が犯人じゃないって分かっただけで、もう充分。どうせこの話も、心なんて描けてなかったし。犯人捜しなんてやめよう？」

「カナコがそう言うなら……なんか、ごめんね。日下くん」

「いや……うん。おれは気にしないけど」

「才華が騒ぎ立てたのが悪いのよ。被害者が気にしてないなら、もうおしまいでいいでしょう。早く部活を始めましょう」

陽介が来た時からずっと組んでいた印象のある腕をほどき、サブカル部部長は、申し訳なさそうに微笑んだ。形ばかりのその笑みには「部外者はさっさと退席ください」という言葉がにじんでいる。

「まあ、本当に金井さんがいいなら」

心美は、こくん、と頷いただけだった。そうして窓際へと向かった彼女が、ぼそりと呟いた言葉は、陽介だけが聞き止めていた。

——さすがにキツイなぁ。

新幹線は仙台駅から走り出す。ひらひらと揺れる「牛タン弁当」ののぼりに懐かしさを覚えながら、陽介はため息をこぼした。いっそう胸がざわつくのは、実家に近付いてきているからか。

それとも、思い出した「事件」があまりにも中途半端だったからか。

（ここまでスッキリしてないとは思わなかったなぁ）

犯人は特定されず、サブカル部の中でだけ、めでたしめでたしみたいになっていた。あれで済むのなら「日下」など必要なかったはずだ。

巻き込むだけ巻き込んで、自己完結しておしまい。陽介にはもやっとした気持ちだけが残された。それをぶつける相手たる桂月也も、情報が不足していると、明確なロジックを組んではくれなかった。

ただ、オールドファッション片手に笑っていた。

『なんだって今回は、ホワイダニットやめちまったんだよ』

あの日の陽介は、それで犯人が分からなかったからだ、と反論して。月也にならって考えようとしてうまくいかなかったと、すっかりやる気をなくしたのだ。

「動機か……」

呟きはトンネルに響く走行音に消える。東北新幹線は風景を楽しむ時間よりも、トンネルの方が長いように感じる。基本的に山ばかりで、見ていて面白いものがあるわけでもない。真新しい印象の墓苑《ぼえん》さえあったりする。

(金井さんのことを、本気で傷付けようとしたわけじゃなかったんだよな)

だから犯人は、生原稿ではなくコピーを破き、教室中にばら撒いた。そのために伴う、コピー作業という危険を冒してまで。

(……なんで犯人は、盗んだ日に実行したんだろう？)

盗まれたというだけでも騒ぎにはなるけれど。それだけなら、心美の教室に出入りできた人全員が容疑者になる。コピー機の使用者ほど、ピンポイントで絞り込めない。

だから、コピーのタイミングをずらせば、もっとうまく誤魔化せたのだ。氏名の残る学校のコピー機を使わずに、こっそりとコンビニでコピーすれば、証拠を残す危険を減らすことだってできた。

それなのに、犯人は盗んだ当日にコピーしている。

どうして犯人は、こんなにもことを急いだのだろうか？

「バレることまでが計画だった……？」

再びのトンネル。陽介はそっと、窓に映る自分に向けて言葉を吐いた。犯人はもしかしたら、暴かれたかったのかもしれない。そうすることで、金井心美に向き合おうとした。

いや……心美に、向き合わせたかったのだ。

漫画に。

それに対する、彼女自身の「心」に。

漫画が傷付けられることで、心美の心がどう動くのか。リアルに現場を作ることで、犯人は知らしめたかったのだ。そして、事件を起こすほどに心美の漫画のことを想っている人がいると、分からせたかったのだろう。

今となっては、陽介にその人物を特定する術はない。

（もしかしたら、金井さんには分かったのかもな）

だから漫画家になった。陽介は窓際に伏せていたスマホを手にする。心美の描いた漫画を表示した。

――さすがにキツイなぁ。

あの日の、彼女の呟きがよぎる。

あれは「弱音」ではなかったのだ。傷付いて、キツイという「心」に気付いた心美の、奮起の始まりだったのだろう。

（……結局、心がテーマなんだ）

無料分を読み終わり、陽介は微笑む。ＡＩと少女の物語。心を探す旅に出た二人のこれからは、課金をしなければ分からない。そんな余裕がないことを詫びながら、陽介は漫画のアドレスを、月也に転送しようとコピーした。

「………」

水素分子のスタンプ。既読スルーしてしまっている。ここでまったく関係のない話題を振ったら、どう思われるだろうか。逆にスルーされるだろうか。

（このまま黙っているよりは、話せた方がいいか）

水素のように、また、手をつなげるか分からない。根深く埋め尽くそうとする予感を無視できないからこそ、陽介は金井心美の漫画を伝えた。

口をついて出てしまった「さよなら」を、忘れてしまえるようにと願って。

【覚えていますか？】

【ショック療法って有効なんだな】

【え？】

ここで月也からの返信が途絶える。その意味を考える時間はあまりなかった。新幹線の速度が落ちている。

戻ってきてしまった。

ホームに出ただけでも、空気が違っていた。首都圏よりも熱がない。湿度が違う。駅の中ですら木々と土のにおいが感じられる。

あの町だ。

「陽介！　元気サしてらった？」

迎えに来た母、実咲子《みさこ》は白髪が増えただろうか。白いマスクのせいで、農作業に焼けた肌のシミが際立っていた。

「元気じゃなきゃ来れないから」

あしらうように答え、駐車場を目指す。一年ぶりでも覚えているシルバーの軽トラックが、パラパラと降る雨に濡れていた。実咲子の運転で走り出してすぐ、陽介は狸寝入りを始めた。

（ショック療法……）

薄目で雨を眺めながら思考を再開する。夢を叶えた相手に対する第一声とは思えない。いくら桂月也だとしても――いや、と陽介は考えを改める。桂月也だから、だ。

（もし、金井さんの事件に、先輩が一枚噛んでいたんだとしたら？）

あの日月也が、あんなにも興味を示さなかったことに説明がつく。彼にとってはもう、分かり切っていたことだからだ。

とはいえ、証拠はない。

ショック療法という言葉を取り上げてみても、はぐらかされるだろう。検査センターで話題になった話をしようとした、と言い訳されたら。あの日のこととは関係ないと言われたら。それ以上、どう追及すればいいだろうか。時間が開きすぎていて、心美の事件と結びつける力が弱い。

（でも。なんかあるような気がするんだよなぁ……）

記憶の中に。

桂月也の犯したミスが――

「へば、陽介の喪服ば借りに行ってくるすけな。ちゃんと線香あげとくんだよ」

推理をぶつ切りにして、実咲子は軽トラを走らせる。門の前に放り出された陽介は、ため息をついて表札を見上げた。

『日下』

無駄に立派な筆文字だ。大学進学までの十八年、何度目にしただろうか。冬には雪玉を投げつけて見えなくしたこともあった。

「帰ってきちゃったなぁ」

ため息をつきながら門をくぐる。小雨に濡れた眼鏡の右側に、泥にまみれたトラクターが並んでいた。横にはリンゴの木箱が壁のように積まれている。

左手側にはビニールハウスが二棟。八月下旬だから今作っているのは……思わず考えそうになって、左右に頭を振る。何を作っていようが関係ない。

ビニールハウスの横、露地栽培に見えるけれど、これで日下家の家庭菜園だ。スーパーに並んでいても遜色のない夏野菜が、雨の粒に生き生きとしている。これだからプランター栽培に失敗するのだと苦笑して、陽介は玄関前で足を止めた。

細い木を組み合わせて作られた、今にも倒れそうな三段の燭台があった。段には何本も釘が打たれ、ずらりとロウソクが灯されている。何かは分からないが、葬儀関連のものなのだろう。

ロウソクの下に噛まされたキュウリの輪切りに首を捻りつつ、三和土に上がった。開けっ放しの玄関というのが、呆れるほどに実家らしかった。

（なんでキュウリ？）

「ただいまぁ」

つい口にしつつマスクを外す。デイパックと一緒に廊下の隅に置き去りにして、仏間を目指した。線香と言われたから仏壇を連想していたけれど、それは間違いだった。

仏間と奥の間を仕切るふすまが取り払われ、二十畳の一間になっている。

奥に、おそらくリンゴ箱で組まれた段が作られ、光沢のある白い布が掛けられている。そこには、しかめ面をした祖父の写真。菊や桔梗といった仏花。缶詰やまんじゅうを詰めたかご。ご当地のお酒。お盆にも見かけるぼんぼり……祭壇だ。

手前には、大きなリンと線香立て、太いロウソクを差した燭台。

そして――真っ白な布団に横たえられた祖父。テレビドラマで見るように顔に布が掛けられていることはなく、本当にただ眠っているようだった。

「……………」

いや、少し縮んだだろうか。一年前のお盆に会った時は、もっと、先代「日下」としての迫力があったような気がする。はっきりと思い出せないのは、ずっと目を逸らしてきたからだ。

陽介が「家庭的」であることを否定してきた祖父。もっとしっかりした子に育てるべきだと、母に小言をこぼしている姿もよく見かけた。

大学――家庭科教育への進学など、当然喜びはしなかった。陽介が引っ越す日の朝までずっと、やめるべきだと嘆いていた。

そんな祖父が死んだ。

「ごめんね、じいちゃん」

泣きたいとは思わない。ざまぁみろ、と思うほどの感慨もない。遺体がそこにあり、また一つ「日下」の歴史が終わったのだという、乾いた事実しか感じられなかった。

それでも死者に対する礼儀として、陽介は手を合わせてから祖父を回り込む。祭壇の前に正座した。一本だけ線香を立てれば、薄れていた白檀の香りが、煙と共に強くなった。

（……英単語帳？）

ふと、視界が場違いなものを捉える。なんともなしに手に取り裏返せば、「日下珠々菜《すずな》」とあった。妹だ。

（あー、受験か）

「お兄ちゃんがいる！」

いちゃ悪いかよ、と振り返る。どうやら飲み物を調達しに行っていたらしい。珠々菜の手には炭酸飲料のペットボトルがあった。キャミソールが覗くゆるいTシャツにショートパンツ姿。夏らしさはあったけれど、葬式らしさは微塵もない。それでも、目元は少し赤く腫れていた。

そんな、妹の姿に陽介は思う。孫なんてこんなものかもしれない。同じ家に暮らしてはいたけれど、どことなく隔たりがあった。おじいちゃん子だったわけでもなければ尚更だ。

珠々菜のように、一晩泣けばおしまい。

その一瞬すら泣く気も起きない陽介は、心の中で苦笑した。死者に対して優しさを持てる月也の方が、よほどマシかもしれない。

それほどまでに「日下」が嫌なのだ——呆れるほど乾いた感情を吐き出せる相手がいない今、陽介は仕方なく呑み込んだ。

「どこ行く気？」

ロウソクの前に戻ってきた妹に英単語帳を返す。引っ手繰るように受け取った珠々菜は胡坐をかき、丸いフレームの眼鏡を押し上げた。

「北」

「ミノ高じゃないんだ」

「やだよ、お兄ちゃんと同じなんて。だいたいあそこ行ったらまたセーラーじゃん。わたしさ、ネクタイしたいんだよね。北高の制服可愛いよね。海外交流も盛んなんだよ。パリに行きたいわたしにぴったり！」

「お前の頭で足りんの？」

「……兄が家庭教師として役立たないなんて、不甲斐ないとか思わないの？」

「これでも教育学部だけどね」

陽介も足を崩す。ちら、と縁側に目を向けた。雨音は続いているけれど、強まる気配はない。レースカーテンが閉まっていれば、窓まで閉める必要はなさそうだった。

「じいちゃん、なんで死んだの」

「熱中症と脱水。水筒忘れて山行ったみたいで。夕飯どきにも帰ってこなくて、消防団で捜索したらさ、澤で見つかって。気失った時に転がり落ちたみたい」

それで、死亡の連絡が夜だったのだ。

「父さんたちは？」

「お父さんとひいばあちゃんはお寺さん。感染症じゃん？　葬祭ホール使えないから、全部うちで済ますんだって。分家さんも代表者一名でお願いねって、おばあちゃんが挨拶回り行ってる。ついでに近所にも顔出ししてくるって」

「それじゃあ泣いてる暇もなさそうだね」

「突然だからね。お兄ちゃんにも挨拶行かせたかったみたいだけど、指示出す方が面倒だってぼやいてたよ。使えないよねぇ、日下の長男なのに」

クツクツと、珠々菜はからかうように喉を鳴らす。陽介は口をへの字に曲げた。ペットボトルを奪い、未開封だった蓋を開ける。飲む前に奪い返された。舌打ちする。

「お前は何やってんだよ」

「ロウソクの番。出棺まで絶やしちゃ駄目なんだって。夜はお兄ちゃん担当だから」

「え……外のも？」

「あれは朝だけでいいって。本当はお盆用らしいけど、まだ八月だからなんとかって。料金上乗せされたんじゃないかな。冠婚葬祭、サービス業は感染症の影響受けるからねぇ」

「偉そうに。あのキュウリは？」

「ロウ受け。あれ挟んどくと片づけが楽なんだって。真っ先に線香あげに来てくれた桂センセの豆知識」

「桂……」

この町でその名前を聞かない方がおかしいのだ。それでも陽介は落ち着かなくなり、ジーンズのポケットからスマホを引き抜く。あれ以来、月也からの連絡はなかった。

どうしても、手紙のことが思い出された。桂で何か起きているのか。探ろうかと迷い、陽介は口を引き結ぶ。勝手に踏み込んでいい問題ではないだろう。

「月也さんは戻ってこないの？」

「え」

「お兄ちゃんなんかを大学に入れた人でしょ。神レベルの家庭教師じゃん。わたしも教えてもらいたいぃ」

「無理だよ。月也さんPCRセンターでバイトしてるから。忙しいんだよ」

おお、と珠々菜は感激してみせる。さすが理科大学生だと。同意を示して陽介は立ち上がった。少し部屋で休もうと、もう一度、形ばかり祖父に手を合わせる。

「お兄ちゃんってさ、月也さんのこと苗字呼びじゃなかったっけ？」

「……気のせいだろ」

「何かあった？」

「この様子だと昼ご飯なさそうだね。リクエストあれば作るけど？」

「え。じゃあ、オムライス。お兄ちゃんいなくなってから一度も食べれてないんだよ！」

オッケーと頷いて、陽介は冷蔵庫を確認しに向かう。卵と鶏肉以外は買い足す必要がありそうだ。家にいて呼び名のことを——自分たちの関係を探られるよりはマシだ、と外に出て思い出した。

庭のトマトとナスが使える。玉ねぎは小屋に吊るされているだろう。

それでも、ケチャップだけはどうにもならなかった。小雨を気にせず、珠々菜の自転車でスーパーに行けば、レジのおばちゃんにすら声を掛けられた。

（「日下」か……）

早めに昼食を済ませ、陽介は部屋に引きこもる。ギリギリまで、父に会うことは避けたかった。寝たふりを決め込んで、サブカル部事件の続きに集中した。

あの日の月也はどうだっただろうか。

（あの日はあんまり一緒にいなかったんだよな……）

視線で、「日下は大変だ」とからかわれた。そんな、陽介と月也のやり取りに気付くこともなく、草間才華はカナコの漫画がビリビリに破かれたと騒いでいた。

オールドファッションは甘い香りを放っていて、水筒の中身はホットの麦茶だった。

「あ……」

幼い日に貼り付けたシールの残る木製ベッドの上で、陽介は微かに笑う。月也のミスに気が付いた。そこを突き、彼に逃げ道を与えない質問は。

「いくら先輩でも、全校生徒の名前と部活を、把握してはいませんでしたよね？」

――真夜中。

月也は陽介の問いに対し、静かに自供を始めた。


桂月也が昼休みを過ごす場所は決まっていた。東棟にある屋上のドアの前。立ち入りが禁止されているからこそ、人気のない場所に、その日は先客がいた。

厚いフレームの眼鏡の女子。上履きの紐が赤であることから、三年だと分かった。ドアに寄り掛かり紙の束をめくっていた彼女は、月也の足音に顔を上げた。

「……」

気まずい沈黙。何か後ろめたいことがあるらしい。眼鏡の奥で左右に揺れる瞳を捉え、月也はなんでもないように微笑んだ。

「漫画ですか？」

「……ええ。私が描いたものじゃないけれど」

「そうなんですか？　じゃあ、誰が」

階段を上がり、月也は彼女の横に並んだ。漫画に興味はなかった。自分のものではないそれを、人のいない場所でコソコソと見ている彼女の方に興味があった。

「金井心美。ペンネームは、本名をカタカナにしただけなんだけど……ちょっと読んでみてくれる？」

せっかくだから、と開き直ったように原稿が渡される。どこかで見たような絵柄だと思いつつ、ざっと目を通した月也は首を捻った。

「未完成ですね」

「ええ。心美、いつも完成するまで見せてくれないから。それがいっつも、コンテスト締め切りギリギリなんだもの。おかげでアドバイスもできやしない」

「それで。今回は途中の原稿を盗んできたというわけですか」

彼女は罪悪感を呑み込むように、深く、ゆっくりと深呼吸した。

「ねえ。あなたはこれを、面白いと思った？」

「残念ながら……綺麗だとは思いますが、綺麗すぎる、整い過ぎているとでも言えばいいのでしょうか。生々しさが感じられません。まるで、プラスチックのようだ」

「そうなのよねぇ」

そうなのよ、と繰り返して、彼女はため息をこぼす。決して悪いものではないけれど、何か、硬い殻の内側に閉じこもっているような気がする。それを砕き、自分をさらけ出せた時に、本当の「カナイココミ」が誕生するのだろう――赤い靴紐の上履きに向けて、彼女はつらつらとこぼした。

「やっぱり、心が分からないせいなのかしらね」

「心が分からない？」

「心美の口癖なのよ。自分はあまり感動とかできないから、きっと心が分からないんだって。まあ、そうなのよね。心美、喜怒哀楽が平坦なところあるから」

それをなんとかできれば……再びため息をもらす彼女の横顔に、月也は微かに笑う。その笑みは心美の描くキャラクターのように、不自然なほどに整っている。

「心が分からないと言うなら、ショックでも与えてみればどうですか」

「え？」

「例えば、その人にとって大事なものを、壊してしまうとか」

微笑みながら月也は、漫画原稿を手渡す。受け取った彼女は目を見開き、原稿と月也の間で視線を揺らめかせた。

「でも……」

惑う彼女を見つめ、月也は深く頷く。大丈夫、と。これは必要なことで、誰かがやらなければならないのだと、彼女を諭すように。

「いいですか。『大事なもの』があるという時点で、そこに『心』はあるはずです。ですから、『心が分からない』など、気取った思い込みでしかありません。そんなもの、壊してしまった方がいいのではないでしょうか」

「……」

「決めるのはあなたです。ぼくはただ、あなたが抱く強い想いが、金井心美に届くことを願うばかりです」

では、と月也は彼女に背を向ける。

学生服のホックを外して、リズミカルに階段を下りた。


『つまり俺は、二度も口を滑らせたってわけだ』

スマホの向こうで月也は自嘲するように笑った。微かにテレビの音がするから、居間にいるのだろう。きっと、臙脂色のソファの右側だ。

ちゃんと食べただろうか……そんなことを思いながら、陽介はロウソクの揺らめく炎を見つめた。

外からは虫の声がする。それ以外は静かで暗い夜。背後には遺体。怖くないと言えば嘘になるけれど、スマホのおかげで不安は薄らいでいる。

「そうですね。完全犯罪を目論む桂月也にしては、詰めが甘かったですね」

月也のミスは二つ。一つはメッセージに「ショック療法」などと返してしまったこと。

そして、致命傷となったミスは、あの日の放課後にある。

――行ってきていいですよ。

――どこに？

――金井心美のところに。

何故あの時、月也はフルネームを口にできたのか。才華はずっとニックネームの「カナコ」としか呼んでいなかった。ともすれば、そういう名前の人物と思えるような、聞き誤りやすいニックネームだったというのに。

月也は、事件の当事者を、金井心美だと分かっていた。

「まあ先輩が、全校生徒のプロフィールを知っていたとなれば、追及も難しかったんですけどね」

『さすがに無理だって。高校は町の外から通ってる奴もいたわけだし。それに』

プシュ、と気の抜ける音が聞こえた。アルコールではないだろう。節約というだけではなく、月也はあまり酒に手を出さない。苦手というよりは、酔っ払いが嫌いらしい。

『名探偵に睨まれたら、犯罪者は白旗上げるっきゃねぇだろ』

「僕は名探偵じゃないですけどね」

『俺には名探偵だけどねぇ……まあ、落ち着いてるみたいだな。てっきり親父さんから、何か言われてんじゃねぇかって思ってたけど』

「心配してくれてたんですか？」

『まあ、一応』

「一応ですか」

短く笑えば、炎が揺れる。ふと、ロウソクを倒したらどうなるだろう？　そんな空想がよぎった。振り払うように左右に首を振った。

「さすがに忙しかったみたいで、放っておいてくれました。でも明日、もう今日ですね。今日はさすがに何かあるでしょう。どうなることやら」

『……帰ってくるんだろ？』

「………」

『え、もしかして今度は俺が、階段に座ってなきゃいけない感じ？　マジで死ねると思うけど。気温何度か分かってる？』

「先輩はまだ死にませんよ。完全犯罪って目的がありますもん。僕は」

言葉をため息に変えて、陽介は唇を噛んだ。

何か、目的があっただろうか。月也と一緒にいることはそうだ。それを生きる理由にするなら、どうして今、ここにいるのだろうか。

葬儀だから。

多くの理解を得られそうな答えだ。けれど、天秤にかけた結果でもある。結局自分は日下を選んだのだ。

エントロピーの増大した「死者」に負けたのだ。

「先輩、バイトありますよね。ごめんなさい。睡眠時間奪っちゃって」

『別に。あー、ほら、声聞きたかったし？』

「うわぁ……」

『いや、自分でも引くけど。本当に迷惑とかはねぇから。なんかあったら言えよ。頭脳ならいくらでも貸してやるから』

「はい」

通話を切ってから、「おやすみなさい」を言い忘れたことに気付いた。メッセージで送ろうかと思い、アプリを起動したところでやめた。

水素分子のせいだ。

電子を共有することで安定する姿を見ていたら、言葉にしなくてもいいように思えた。きっと、そんなありふれた言葉は、とっくに共有できている。

（「場」の力は怖いなぁ……）

ため息をつく。

炎の番は、思った以上にきつかった。

八月二十一日。

朝日をかぶってやってきた、ように錯覚させる頭をした菩提寺のお坊さんは、当然ながらマスクをしていた。それでも声が通るのは、日常的な読経の賜物だろうか。

「へば、手甲と足袋の紐ば、縦結びサしてください」

掛け布団を外された祖父の死装束は、完全に着せられていたわけではなかったようだ。寝ていないせいでぼんやりしている陽介は、お坊さんに指示されるまま、手にはめられた白い布の紐を結ぶ。もう一方の手は父、高徳《たかのり》が、四十後半にしては老け込んだ顔で結んでいた。足袋は祖母と珠々菜に任される。

（母さんがいない？）

そういえば、実咲子は喪服でもなかったかもしれない。分家から借りてきたという喪服を陽介に押し付けてからは、曾祖母と一緒に台所にこもっていたような気がする。

（そうか。母さんは、日下じゃないから……）

嫁いで来ただけだ。陽介や珠々菜と血の繋がりはあっても、祖父とは他人。分家となった叔父の方が優先される。棺に納めるためにふれることが許されたのなど、男性だけだった。丸い石を使った釘打ちを任されたのも。

奇妙だ。違和感ばかりの葬儀は、お坊さんのペースで進んでいく。

（こんなんだから、ばあちゃんも泣かないのかな）

長年連れ添った相手が死んでしまったというのに。お経の間中、祖母は無表情だった。昔ほど派手さのなくなった霊柩車に運ぶ時も、祖母と珠々菜は後ろに控えているばかりだった。

火葬場へは、新型感染症を考慮して、本家だけが付き添った。

お経の響きと共に火葬炉へと見送って畳敷きの待合室に通されると、実咲子がおにぎりと、おかずの詰まった重箱を並べていた。仕出し弁当ではないのが、感染症の影響で店が休業しているからなのか、嫁の務めだからなのかは分からない。少し前までは、近所の人たちが集まって作るものでもあったらしい。

「おかかどれ?」

セーラー服のスカートを乱して、珠々菜が気の抜けた声で母に問う。火葬が終わるまでの約一時間半、ふと気が抜けるタイミングだ。

「陽介」

父に捕まるのにも、これ以上ないタイミングだった。

座布団を枕に寝てしまおうと思っていた陽介は、覚悟を決めて起き上がる。光沢のあるテーブルを挟んで、高徳と向き合った。

空気を察して、珠々菜と実咲子が離れていく。もとより祖母は別室で、お坊さんと話し込んでいた。膝を痛めているらしい曾祖母は、家で留守番だ。

「……何」

古いデザインの眼鏡の父から目を逸らし、黒いネクタイの先を見つめる。分家というから誰のものかと思えば、かつて虫取りを楽しんだ「兄」、日下茂春《しげはる》のものらしかった。

「回りくどい話っこばしても仕方ねぇすけな、単刀直入サへるけど。このままこっちゃサ戻りなさい」

「……大学は」

「辞めればいいじゃや。家庭科の先生なんておかしいすけな。農学部だってへるなら、もうちっとば世話してもいがったかもしれねども」

「なんで今更。ちゃんと認めてくれてたじゃん。先生の経験は、人との関わりサ役立つだろうって。先生って肩書は欲しかったんじゃないのかよ」

「そうへねば、陽介の心ば潰れてまうと思ったすけねぇ。月也くんとも勝手に同居の話っこば進めてらったし」

あの時は仕方がなかった、と高徳は「日下」らしく微笑む。

それは、裏を感じさせない、優しい笑顔だった。そこに陽介は、金井心美の昔の漫画のような印象を抱いた。

作り物――

そう思ってしまうのは、月也の非対称の笑みを見慣れているからかもしれない。父の目に、自分が映っているように思えないからかもしれない。

高徳が見ているのは「陽介」ではなく「日下の長男」だ。町の相談役を継ぐ者だから、こうして縛り付けようとしている。

葬儀のためとはいえ帰ってきたのをいいことに、自由を奪おうとしている。

（これでも「親子」なのかなぁ）

子どもの幸せを願っている、とは思えない。自己都合ばかりだ。

心の中でため息をつく陽介の前に、高徳は、実咲子が準備していったペットボトルのお茶を置いた。

「だども。じさまば亡くなってまったすけね。本家の男が僕一人サなってまった。これじゃあとてもとても手ば回らねぇじゃ。陽介だって分かってらべ。今はみんな大変な時なんだじゃ」

「…………」

分からないわけじゃなかった。知らないわけでもなかった。

新型感染症は「食」に影響をもたらしている。外食産業、給食がなくなれば、どうしたって農家の収入源は減るのだ。そこに来て今年は長雨で、生育不良。挙句、七月十一日には豪雨にまで襲われた。崩れた山、流された畑はどれほどあったことだろうか。

知っていたからこそ尚更に、帰郷するのは嫌だったのだ。

戻れ、と言われることは、予想できていた。

「おれなんかより、農協の方が役立つんじゃないの。国だって補償してくれるし」

「だども。お役所ば一緒に泣いてくれるわけでも、耕してくれるわけでもねぇ。心から側サいてやれるのは、同じ目線ば持ってら人なんだじゃ。『日下』がなんのためにいてらか、陽介なら理解っこできてらべ」

町の相談役。気軽な話し相手。困っている時に、なんの見返りもなく手を差し伸べてくれる存在。

まるで、ヒーローだ。

(非現実的じゃん)

陽介はますます下を向き、膝の上で右手を広げた。この手はそんな、誰彼構わずつかむためにあるわけじゃない。この手は……。

「後期の学費ば出さねぇすけな」

「え？」

「脅すような真似ばしたくねども。僕も真剣に考えてるすけ、強い手だって使わねばならねぇじゃ。帰っておいで、陽介。日下ばお前の家なんだすけな」

「…………」

違う、と声を出したかった。日下は帰りたい「家」などではない。自分にとっての家は決まっているのに、口が動かなかったのは、卑怯な心のためだ。

学費がなければどうしようもない。

大学に通えなければ、首都圏にいる理由もなくなってしまう。学生という免罪符がないのなら、日下の長男に埋もれる方が楽だ。

〈ステイ・ホーム〉実家に居ろ、と言われるままに。

(あと二年もいらないのに……)

せめて月也の卒業まで、二人暮らしを続けられないだろうか。フリーターになればいいだろうか。向こうで就職先を見つければ、父も黙るだろうか。

違う、と陽介は右の手のひらを見つめた。「わがまま」な自分らしい、本当に求めるものに気が付いた。

(モラトリアムが欲しいんだ)

社会人として働いたりせずに、今のぬるさの中で、月也との暮らしを楽しみたいと思っている。そうして一緒に生きることが、月也から死にたがりと、完全犯罪への執着を失わせるきっかけになると、陽介は信じていた。

事実、彼は一度、帰ってきているからだ。

あの家に。

雨に濡れて待つような、馬鹿のいる家に……。

「もし、自分で学費用意したら、大学生を続けてもいいよね。自分の金で何をしようと、口出しする権利は親にだってないんだから」

きつく右手を握り締め陽介は顔を上げる。まっすぐに父を睨んだ。彼は古臭い眼鏡を押し上げると、ペットボトルの蓋を開けた。

「それだば陽介サ有利過ぎるじゃ。学費ば稼ぎながら通ってら学生さんば、いくらでもいるすけな。言葉っこで惑わそうとでも思ってらったか。とっちゃも甘く見られたもんだじゃな」

「甘く見たわけじゃないけど。じゃあ、どうしたらいいわけ？」

「そだねぇ……夏休みば終わるまでに、この町ン中で、卒業までの学費全額調達してみせたらええじゃ。もちろん、借金ばこさえるのはなしだすけな」

「学費全額って……」

いくらだろうか。喪服に忍ばせておいたスマホを取り出す。電源をオンにして、大学のサイトを開いた。

半期の学費二十六万七千九百円。後期と、三・四年生分だから、この五倍が必要額だ。

267,900 × 5=1,339,500
計算機が表示する金額に、陽介は軽くめまいを覚えた。

「なんで町の中限定なんだよ。こんな何もない田舎だってのに」

「だすけよ。農業だけじゃ食ってけねぇってへる人ば多いすけなぁ。しかも感染症まで起こってまって。めったに来ない人っこも、まったく来なくなってまった。ああ、陽介ばい収入源見つけてくれたら助かるじゃぁ」

にこにこと高徳は笑う。陽介は舌打ちして、乱暴にペットボトルを開けた。

（早く帰りたいのに！）

日割りの収入額を最も小さくする方法は、夏休みすべてを使って稼ぐことだ。後期授業の始まる十月一日のギリギリまで。それでも多い日数とは言えない。

タイムリミットまで、約四十日。

必要額、百三十三万九千五百円。

（振り込め詐欺でもするしかないのかな……）

緑茶で喉を潤して、陽介はうなだれる。父の方が上手《うわて》だった。

自分から条件を求めた以上、金を調達できなければ、陽介は諦めることになる。日下の長男が戻ることは父の願う通りだ。

一方で、金を調達できたなら。町にはまだ、それだけの可能性があることを証明したことになる。「日下」のヒーロー性は高まり、感染症や豪雨被害による問題も、一部は解決するだろう。

「へば、期待してるすけなぁ」

勝ち誇ったように高徳は立ち去った。陽介はテーブルに突っ伏し、トークアプリのアイコンをタップした。

【この町で稼ぐ方法ってありますか？】

【マジで帰らない気かよ】

【いえ。日下らしい相談事みたいなもんです】

学費による退学の可能性を伝える気持ちにはなれなかった。あれだけ「一緒に」と口にしておきながら、あまりにも無様に思えた。

結局はその程度で、投げ出して逃げていけばいいのにそれもできない。日下を天秤皿に載せてしまう自分の弱さが、あまりにも情けなかった。

それほど、微妙なものでもあった。

頼れる相談役「日下」は、そういうシステムのような一面を持っている。それ即ち「日下という家族」ではない。同じ呼び名であるために輪郭がぼやけ、システムとしての「日下」と家族としての日下が、陽介の中で混ざり合ってしまっている。

どちらにしても、陽介が「長男」であるのは、この家族があるためだ。

嫌いな「日下」と、好きと思える部分もある「家族《くさか》」。

割り切れないために、陽介ははっきりとした答えを持てない。月也のように、明確な拒絶だけで語ることができない。優柔不断にしかなれない陽介にとって、月也が送ってくる文字は、同じフォントでも違う強さを秘めているように見えた。

【詐欺かな】

【やっぱり?】

【正攻法じゃ無理だろ。観光資源もねぇし。過疎ってるし】

【ですね。超高齢化状態ですもんね】

【オレオレでどこまで稼げるか、だよなぁ】

【やっぱり……】

ため息とともにスマホを伏せる。

犯罪に手を染めることしか思い付かないほどに、この町には何もないのだ。そのことは、より長く町と共にある高徳の方が、実感として持っているはずだ。

(完敗じゃん)

陽介はきつく目を閉じる。完敗だ。でも、こうなることは新幹線に乗る前から分かっていたのかもしれない。

――さよなら、先輩。

どうしても言わなければならないと思ってしまった。別れの予感があった。こんなにも離れてしまったのに、この町でも遠雷が聞こえた。

晩夏。

祖父の骨は小さく、とても軽かった。

＊フィジシスト［physicist］物理学者

第5話　見えないヘルツに優しさを

祖父の納骨から四日。八月二十五日。学費は一銭も増えていなかった。それなのに、妹センスの洋服が増えている。数日で帰るはずだった着替えを、ファッション系に進もうと考えている珠々菜が、面白がって調達してくるからだ。

（クラウドファンディングとか？）

この町から何か、出資したいと思わせるものを見つけ出せばどうだろうか。ぼんやりと入道雲に「¥」を重ねていた陽介は、不意に足を払われる。尻もちをついた拍子に、握っていた錫杖《しゃくじょう》がシャランと響いた。

「………」

何色と言えばいいのだろうか。黒鉄色と呼ぶには赤味を感じる、陽介の身長より少し短い程度の錫杖は、三野辺神社が「預かっている」ものだ。秋祭り初日に奉納される、日下と桂の神楽に際して戻される。錫杖は仏教のアイテムだったように思うけれど、神仏習合の名残か。田舎の土着信仰の中でオリジナル化したものなのか、陽介には分からない。

今はそんな町独自の「空《くう》の神楽」の練習中だった。

三野辺神社拝殿前に作られた白木の舞台は、秋祭りのものと同じだ。けれど、新型感染症を危惧した今年は、秋祭りの中止が決まっている。

代わりにと、無病息災を願うイベントが企画された。

町内を練り歩く山車は作らず、屋台もなし。新型感染症収束の願いを込めて、神楽だけが舞われる――と、陽介が父から聞かされ、舞の役目を賜ったのは昨日のことだ。

「ごめんねぇ、陽介くん。僕が桂じゃないばっかりに」

喪服を貸してくれただけあって背格好の近いいとこ、日下茂春は、桂に伝わる白みを帯びた銀色の剣で肩を叩きながら笑った。

「桂家は男児に恵まれにくい体質なのかな。月也くんのあとは、分家の方に二人、小学生がいるくらいだから。舞役がいないらしいんだよね。知ってた？」

「……なんで知る必要があるのさ。他人の家の事情なんか」

「だって日下本家の長男でしょう？　町の事情に精通してるのは当然の義務だよ。ぼんやり空なんて眺めてないでさ。町のことを考えるのが陽介くんの役目でしょ」

知らない、と噛みつきたい気持ちをため息に変え、陽介は錫杖を支えに立ち上がった。

この嫌味な口ぶりからすると、さっきの足払いはわざとだ。

あの夜——虫の飛び交う自動販売機の前で突き飛ばしてきた時から、ずっと。

二つ上のいとこ茂春は、「弟」として可愛がっていたはずの陽介に、マイナスの感情を抱いている。

「おれの何が気に入らないわけ？」

シャラン、とバトンのように錫杖を一回転させる。右手だけで握り直すと、左から弧を描くように、茂春へと振り払った。当たらない「間」のつもりだったけれど、錫杖の輪の先が茂春の脇腹を掠めた。

「存在そのものだよ」

一歩下がった茂春は舌打ちする。三日月を思わせる色合いの剣を置くと、葉緑素の緑のシミが残る半袖で顔の汗を拭った。

「まあ、陽介くんじゃ死んでも僕のことは分からないよ。今日の練習はもういいね。僕には畑仕事があるから、君のように暇じゃないんだ」

ポケットに入れていたマスクを装着し、茂春は舞台を下りる。石の階段に消える背中を見届けて、陽介も舌打ちした。知らず力をこめていた錫杖が、シャラン、と鳴った。

「なんで、存在ごと否定されなきゃなんないんだよ」

ああっと不快を吐き出して錫杖を振る。シャラン。右から払い、下から上へと突き上げる。シャラン。頭上で一回転させて、一歩後ろへ。背後を通して前面で構え直す。

月也の卒業と同時に引退したけれど、身体は動きを覚えている。

（「弟」だったはずなのに……）

茂春は小さい頃から農業に興味を持っていた。虫取りに入った山で、リンゴの見分け方を教えてくれたのは、彼が最初だった。タバコの葉の病気について教えてくれたのも、美味しい野菜の見分け方を教えてくれたのも、父よりも茂春が先だった。

農家の知識を語る時、茂春の目はいつもキラキラと輝いていた。

だから、農業高校に進んだのも当然だったのだろう。その才能を認めて、分家の叔父が茂春を跡継ぎとして認めたのも。おかげで三歳離れた兄と、一歳上の姉は町を出て、それぞれにやりたいことをやっているという話だ。

（幸せじゃん！）

恨まれるいわれがない。シャラン。左から払い、上から下へと振り下ろす――月也はその勢いを剣で流し、そのまくるりと半円を描くだろう。背を向けたと思った瞬間に、足を払いに来るから跳ばなければならない……。

「さすが陽介だじゃ。月也坊ちゃんば見えらようだよ」

しわしわとした声が聞こえ、陽介はハッと動きを止める。シャラン、と錫杖の輪が揺れた。前髪から汗が飛んだ。

「キヨさん」

陽介は眼鏡を押し上げると、いそいそとマスクをする。舞台下に脱ぎ捨てていたスニーカーに飛び下りた。キヨはマスクにまで届きそうな目尻のしわを深くして、手にしていたスポーツドリンクを渡してくる。

「茂春とば、ちびっとも合わねぇのになぁ」

「……見てたんだ」

「ちびっとだけな。今日には陽介ば来そうな気したすけな、散歩してみただけだよ」

ふぅ、と息をついてキヨは舞台に寄り掛かった。となりに並び、陽介はスポーツドリンクの蓋を開ける。顎マスクで飲み始めると、なかなか止まらなかった。気付かないうちに相当喉が渇いていたようだ。

「ありがとう、キヨさん。おれまで脱水で死ぬとこだったみたい」

「そったらことサならなくていがったじゃ」

笑うキヨは年齢不詳だ。物心ついたころにはすでにおばあさんだった。今もその時と変わらずおばあさんだ。豆絞りのほっかむりがよく似合う、いかにも田舎らしいおばあさんだけれど、実は仙女かもしれない。

「まあ、茂春のあれば、舞じゃねくて喧嘩だすけな。仕方ねぇよ」

「でも。もとから舞っていうより手合わせっぽくない？　神楽とかよく知らないけど、随分激しく動くよね」

「んだねぇ。陽介ば、この神楽の意味っこ知らねかったか？」

陽介は曖昧に首をかしげた。もしかしたら聞いたことはあるのかもしれない。けれど、町に対する興味のなさが、「日下」から逃げたい思いが、記憶に留めることをしなかった。

「この神楽ばもたらすのは『空《くう》』なんだじゃ。破壊的なまでにすべてを祓う。そして清める。まっさらな世界ばするのが目的だすけな、ふつうばある音楽っこすらねぇんだじゃ。だすけ、二人の『間』が重要サなるんだども」

「間……」

「んだ。間が合うからこそ、剣と錫杖がふれても音を立てねぇんだじゃ。人サも当たらねぇ。それば喧嘩じゃねぇすけよ。二人ば表してるのは一人の心。陰と陽。内と外。そったら『境』ばなくして『空』サする。そういう舞なんだじゃ」

「じゃあ、どうして錫杖は鳴るの？」

陽介は舞台に置いたそれに目を向ける。先端に輪を組み合わせていなければ、シャラシャラと鳴ることもないだろう。本当の空っぽにできるはずだ。

「あれば『縁』だじゃ。『空』となったら新しく繋ぎ合わせる。そのための縁を報せるために鳴ってらのよ。だども、どったら縁サなるかは人次第。だすけ、舞は教えられないんだじゃ」

「なんか、宇宙の誕生の話みたいだね」

「月也坊ちゃんもへてらったじゃ！」

ひゃひゃひゃひゃとキヨは笑う。月也と同じ感想を持ったことが、陽介はちょっと嬉しかった。同時に妙な恥ずかしさを感じてうつむいた。

「これば、名前の力っこば働いてらかもねぇ」

「名前って、月と太陽？」

うつむけた顔を上げないようにして、陽介は眉を寄せる。

二人の名前は月也の生みの母、日向望へと導いたキーワードだ。そして月也に、完全犯罪に使える切り札をもたらしたきっかけでもあった。

そんな名を付けたのは、キヨだ。

「んだ、月と太陽。月也坊ちゃんば複雑なもん抱えることサなってまったすけねぇ。そったら運命ば照らしてくれる、太陽ば必要サなるなって思ったんだじゃ」

「……それが、僕？」

「んだよ」

ひゃひゃひゃひゃ、と笑いながらキヨは石階段へと歩き始める。最後まで見えていた豆絞りが消えると、陽介は深く息を吐き出した。

（僕の推理、違ってたんじゃん）

二人の名前が、日向望に関する「罪」を秘めているとロジックを組んだというのに。それは陽介の思い込みが作った物語で、真実ではなかったのだ。

（これが名探偵ですって、先輩）

首を反らして空を仰ぐ。八月も終わろうというのに、立派な入道雲だ。町を囲む山々の緑によく合っている。

（また、かき氷食べに行きたいなぁ）

　月也と一緒に出掛けたのは、お盆よりも前のこと。彼のわがままに付き合わされて、家計圧迫の覚悟で、一つ千円を超えるかき氷を二つシェアした。

　あの頃はまさか、六百キロメートルも離れることになるとは想像もしていなかった。

（逃げちゃおっかな）

　学費を諦めて。大学を諦めて。日下を捨てて月也のところに戻ろうか。もう成人しているのだから、親権者も必要ない。自己責任で——それも難題だ。全てを自分で背負うほどの覚悟は、陽介にはなかった。

　だからこうも、わがままに揺れ動いている。優柔不断に埋もれそうになっている。

「先輩……」

　ふと思い付いて、陽介は舞台に上がる。桂に伝わる、三日月のような剣をつかんだ。軽い。こんなに軽いから、月也の動きはずっと素早かったのだ。

　すっ、と横一直線に空気を切る。日差しの反射が美しかった。でも、何かが違った。月也の動きの中では、もっと鋭い光だった。思えば、茂春が振るう時は、もっとぼんやりとした反射になっていたような気がする。

　角度と速度が違うのだ。

（位置も、先輩だと高くなるんだよな）

　陽介とは、五センチメートル以上の身長差がある。腕の長さも違うから、振れ幅も変わってくる。それらによって、剣の光り方は変わるのだ。

（物理量だなぁ）

ベクトル、という単語が浮かんで陽介は苦笑した。

もしここに月也がいたなら、もっと詳細に説明してくれただろう。舞台をｘｙｚの三次元座標に置き換えるかもしれない。太陽の位置、光の入射角、剣の高さ、初速度、ニュートン力学。

数値はある。

でも、数値を生み出す月也はいない。

「……………」

わがままな気持ちをため息に変えて、陽介は片付けを始める。少し揺れただけでも、錫杖はシャランと鳴った。もう一つため息をこぼして、石階段の手前に建つ社務所に、剣と錫杖を預けに向かった。

「色々な組み合わせの『空の神楽』ば見てらけど」

薄い模様が入った紫の袴の宮司は、丁寧に祭具を受け取ると、キヨに似た目を細めた。

「陽介と月也のば、私ば一番好きだったじゃ。なかなか、あったら静かに舞えるもんでもねぇすけなぁ。だどもスピード感もあったし。不思議な『場』ば見せてもらったように思ったもんだじゃ」

「場……」

「だすけ、キヨ婆も気にしてらのかもね。こったら仕事っこしてらと、どうしたって敏感サなる。奇妙な縁ばあるんだろうね」

「……」

「悩んでらねぇ。へば、神様サ話してけばいいじゃ。感染症ば流行ってからめったに人も来ないすけ、昼寝でもしてみればいいじゃぁ」

目尻のしわが深くなると、宮司はますますキヨに似ていた。陽介は深く頭を下げる。実家にいるというのに——だからこそ、うまく眠れていないことを見抜かれてしまった。

石の鳥居をくぐり、白木の舞台を回り込む。途中にある木の灯籠に、ステンドグラスがはめられていた。格式張っているようで、お茶目なところもある宮司のようだ。

拝殿の欄間《らんま》にも、青を基調としたステンドグラスが施されている。それが綺麗に見える位置に、陽介は寝転がった。

木の床がひんやりとして心地よかった。木々に囲まれている神社は、エアコンがなくても涼しく、不思議なくらいに落ち着けた。

（先輩、ちゃんとゴミ出ししたかなぁ）

洗濯もできているだろうか。ご飯は食べているだろうか。葬儀なんて急な事態でなかったら、冷凍庫いっぱいに作り置きしてきたというのに。

そもそも、帰ってこなかったのに……。

「さよならはいやだなぁ」

細く息を吐き出して、陽介は目を閉じる。さらさらと枝を揺らす風が聞こえた。同じ風が前髪を撫でていく。汗が乾く。

　ふっと意識が落ちる。

　目が覚めたのは、スマホのバイブレーションのせいだった。


【ニックネーム　絶対音感さん】

理系探偵さんは、能力のせいで困ったことはありませんか？　私はニックネームの通りに、絶対音感を持っています。ふつうの人以上に音に敏感なのです。この大変さを分かってもらえるといいのですが……。

最近、一番困っていることは、早朝のピアノ練習です。アパートのとなりの家から聞こえてくるのですが、この音がひどい！

素人でも分かるくらいに、調律がされていないのです。

あまりに不快なピアノの音のせいで、起こされてしまいます。せっかくテレワークになって、一時間の通勤時間から解放されたというのに。

腹が立つのは、ピアノが狂っているのは、平日の朝だけということです。

夜や休日は、ちゃんとした音が流れてきます。

これは、私に対する嫌がらせと考えていいのでしょうか？　そうと分かれば、すぐにでも文句を言いに行きたいと思います。

（色んな人がいるんだよなぁ）

拝殿に寝転がったまま、陽介はスマホに向かって微笑んでしまった。自分のことに囚われていると、世界の中心は自分で、主人公のように錯覚してしまうけれど。世界にはたくさんの人がいて、多くは無関係に自分の日常を送っている。

そんな人と、「理系探偵」はつないでくれた。

関係のない関係があることは、慰めと気晴らしだった。

（今日って休みだっけ？）

ＰＣＲ検査センターは、月也のシフトを木曜日定休としている。依頼を表示したままカレンダーを確認すると、今日は火曜日だった。

（電話はまずいか）

どのみち依頼文も転送しなければならない。まずはトークアプリに、依頼内容だけ伝えることにした。

【こいつ、被害妄想ひどくね？】

一時間くらい過ぎただろうか。拝殿を借りたまうつらうつらとしていた時、月也からの反応がある。開口一番、依頼人への中傷というのが彼らしかった。

【実害出てますけど】

【眼鏡かけてる？】

とうとう眼鏡の存在から疑われてしまった。陽介は姿勢を胡坐に変え、べっこう色の眼鏡を押し上げる。指先にブリッジの存在感を確かめて、月也からは顔が見えないのだと、しみじみと隔たりを感じた。

【ヒントください】

【絶対音感は目に見えないだろ。九時過ぎに電話する】

それまでに考えておけ、ということらしい。陽介はぐっと背を伸ばすと立ち上がった。拝殿前の階段をおりると回れ右をする。二礼二拍手一礼で感謝を告げた。

鳥居をくぐった先でまた、拝殿を振り返る。

（お邪魔しました）

深く頭を下げると、清々しい風が吹き抜けた。

——絶対音感は目に見えない。

令和の時代に薪で沸かす熱い風呂に入っても、その意味するところは分からなかった。高三の三月で時を止めたような自室のベッドに寝転がり、天井を見つめていても頭の回転は鈍いままだ。

一方で目は冴えていた。三野辺神社で寝すぎたようだ。

（先輩と一緒だと、もう少し考えられるんだけどな）

それもまた「場」の効果だろうか。月也の鋭い思考力に引き上げられて、陽介のロジックも少しはマシになるのだ。

（あ。名前の真相教えなきゃ）

　マシになったとしても穴だらけだと、陽介はキヨの豆絞りを思い出して笑った。開け放した窓から、向こうでは感じることのできない夜風が吹き込んできた時、月也からの着信にスマホが震えた。

『よぉ。夕飯はコンビニおにぎり二個と、野菜ジュースだったからな』

「いきなりそれですか」

『だってお前、絶対聞いてくるじゃん。なんとか食ってるから気にすんなよ』

「なんとか、なんですか」

『まあ、ちょっと。誰かさんの味が恋しくなってきてるからなぁ。飯の美味い同居人の弊害ってやつ。まだ戻って来れねぇの？』

「……すみません」

『陽介は悪くないだろ』

　どうだろう、と陽介は月也に見えないのをいいことに眉を寄せた。

　学費問題で喧嘩を吹っかけたから帰れないとも言える。あと約三十五日で、百三十三万九千五百円を用立てなければならない。この町の中だけという、無理過ぎる条件下で。

　月也ですら、正攻法を閃くことのできないハードな条件下で。

　胃が、ギュッと縮まる。陽介は起き上がると壁を背もたれにして、枕をきつく抱きしめた。話題を変えた方がいい。

「結局分からなかったんですけど。絶対音感がどうかしたんですか。目に見えないなんて当たり前のことですよね」

『はあ？　本当にお前考えたのかよ。簡単な話だろ。目に見えない特徴に対して、どうしてとなりのピアニストは嫌がらせできるんだよ』

「あー……」

陽介は、眉間に作っていたしわをさらに深くした。

絶対音感さんの文面から、ピアニストとは無関係だと思い込んでいた。けれど、目に見えない絶対音感という能力を知っているくらいには、接点がある間柄なのだ。

その接点の中に、嫌がらせの原因があったとして。

どうしてとなりのピアニストは、平日の朝にだけ、音程を狂わせるのか。本気で嫌な思いをさせたいのなら、就寝時や休日に不快な音を奏でた方が効果的だ。

「嫌がらせじゃないかもしれないんですね」

『エクセレント』

右の耳元で月也が笑う。今もまた、あの臙脂色のソファの右側にいるのだろう。陽介は目を閉じた。

『つーわけで、絶対音感さんに聞いといてくれ。となりのピアニストがどうして絶対音感のことを知っているのか。ロジックの続きはそのあとだな』

「……もう、終わりですか」

『……休み時間にさ、外行ったんだよ。屋内禁煙だからクソ暑いの我慢してさ。そうしたら入道雲がすごかったんだ。それでかき氷思い出した』

「……………」

『食いに行こう、また』

「……死にたがりのくせに」

『ああ、そうだな』

死にたがりが未来に約束を残すのはおかしいな、と月也は小さく息を吐いた。きっとスマホを持たない右手で、前髪をくしゃくしゃにしている。

──寂しいな。

──寂しいですね。

言葉のないため息が重なった。

「今日、久しぶりに神楽を舞ったんです。でも、月也先輩相手じゃなかったから、ちっとも間をつかめませんでした」

『あー、秋祭り近いもんな』

「いえ。本格的なのは中止なんですけど。無病息災を願うイベントとして、神楽だけのお祭りをやるみたいで」

『でも、桂って使える奴いねぇだろ』

「日下が代理してます。分家の、いとこのお兄ちゃんが……」

『それでか。陽介に元気ねぇの』

「分かりますか」

『科学の徒に観察力は必須だからねぇ。なんかあったんだろ。陽介だから特別に聞いてやるよ、愚痴』

「存在から否定されちゃいました」

わざと明るい調子でこぼす。

二十二歳のいとこ、茂春は、昔と変わらなかった。中学生になる年に陽介を突き飛ばした、あの夏から変わっていなかった。

二十五歳の兄がいるにもかかわらず、家業を継いでいた。農業高校で優秀だった通りに、農業に興味を持っていたからだ。それも、幼い日から変わっていない。

「『家』と好きが一致してるって、幸せなことですよね」

自分もそうであったなら、どれほど楽だっただろうか。陽介は薄く目を開けた。枕と一緒に抱え込んだ膝の向こうにカラーボックスが見えた。

高三の教科書、参考書に混ざって、初心者向けの編み物の本がある。向こうには持っていかなかった、スイーツのレシピ本がある。そのとなりに並んでいるのは。

「あれ。『量子論入門』って先輩の本ですよね。返し忘れてますね」

『それ、お前にやったやつ。卒業式ん時に。ここの鍵と一緒に』

「ああ！　鍵の存在感が強すぎたので……」

完全に眼中になかった。一年後、鍵を無駄にすることがないようにと、そればかりを考えていた。

『お前まさか、開いてもいないんじゃ……』

「もしかして、秘密のメッセージとか仕込まれてました？」

『どういう想像力だよ。俺がそういうことするタイプかよ』

ないですね、と深く頷きつつも陽介は立ち上がる。枕を置いて、量子論の本を手に取った。片手でパラパラとめくってみる。本当に何もなかった。

それでも「Ψ」は印象的だった。

「観測しなかったら、メッセージはあったかもしれませんね」

『ねぇよ』

「えー？」

『どうにも勘違いされがちだけどな。シュレディンガー方程式は確率の波なんだよ。その時間変化を表している。時間変化の中でないものがあるに変わることはあるかもしれねぇけど、この場合は「俺」って確率だろ。俺の性質がどう変わったら、メッセージを残す可能性が出てくるんだよ』

「完全犯罪に使いたくなったら、置手紙くらいするでしょ」

『……反論できねぇな』

「そうそう。完全犯罪で思い出したんですけど」

キヨから聞いた、名前の真相。そこにはなんの罪も隠されてはいなかった。ただ、月也を想う彼女の心だけがあった。

「僕は太陽の役目を果たせているでしょうか」

『秘密』

月也は意地悪く笑う。今は夜、月の時間だから仕方がないと、陽介も笑った。

【スキル提供者　理系探偵】

絶対音感さま。ご依頼ありがとうございます。

一つ確認させていただきたいのですが、となりにお住いのピアニストは、どうしてあなたが絶対音感を持っていると知っているのでしょうか。

【ニックネーム　絶対音感さん】

エピソードが抜けてしまっていましたね、すみません。

私が就職して間もない頃です。最初からハードな職場で、残業続き、すっかり疲弊して寝坊しそうになったことがありました。

その時、狂ったピアノに起こされて、遅刻を免れたのです。

翌朝、ゴミステーションで偶然会った彼女に、感謝を伝えました。

絶対音感の話をしたのはその時です。ピアノをちゃんと調律した方がいいと、アドバイスもしておきました。

それからずっと、ピアノは正常でした。

それが、テレワークになってから、狂い始めたのです。

貴重な睡眠時間を奪うなんて、迷惑でしかありません。


依頼人からの返事は、茂春と神楽を練習している最中に届いたようだった。今日も使っていいという宮司の言葉に甘え、拝殿を間借りしながら、陽介は月也に転送する。送り終わると寝転がり、欄間のステンドグラスを眺めた。ひし形を基調とした幾何学の組み合わせが美しい。

（なんで、嫌われちゃったのかな……）

茂春との「間」は合わないままだ。祭りのためだから練習相手はしてくれるものの、眉は寄ったまま、必要最小限の会話しかない。

それはある意味、月也を知る前の中学時代の陽介に似ていた。

決定的な違いは、それまでに好意的な時間があったかどうかだ。

（いっそ最初から嫌ってくれてたらよかったのに）

気に入らないから関わらない。触れ合わない。言葉がなくても感じ取れれば、そういう「間」で動くことができる。負の感情として受け入れて、共鳴することができる。互いに同じであれば、波長は合い、波は増幅するだけだ。

けれど、茂春は一方的だ。理不尽だ。

陽介は惑うしかない。当然リズムは合わず、茂春はますます苛立ち、陽介はどうしたらいいのかも分からなくなる。そうして動けなくなると、足を払われる始末だ。

（先輩がいればいいだけなのに）

この場に月也がいれば、練習の必要もないだろう。二人で暮らしてきた分、きっと、高校の頃よりも圧倒的な神楽を舞うことだってできる。

「……………」

青いステンドグラスを見上げて、陽介は、ああと呻いた。本当は神楽なんてどうだっていいのだ。ここに月也がいないことが問題で。どうしようもなく彼を思い出させる剣を、彼ではない人が使っていることが問題で。

（歩み寄る気がないのは僕も一緒か）

このままずっと、茂春と「間」が合うことはないだろう。いや、合わせたくないのだ。

自分のわがままに気付くと、拝殿を風が吹き抜けた。

前髪を撫でる風に誘われるように、陽介は目を閉じる。今日もまた、眠りを終わらせたのはスマホのバイブレーションだった。

「……今日は電話なんですね」

『早上がりの日だったからな。ちなみに今日は、ざる蕎麦と野菜ジュースを買いました。文句ねぇよな』

「もしかして、野菜ジュースが先輩なりの栄養管理ですか？」

小さく笑って陽介は起き上がる。胡坐をかいた視線の先に、昨日よりも大きく育った入道雲があった。

『栄養っつーか。野菜摂らないと誰かさんが説教始めそうな気がするから』

「肉もちゃんと摂ってください。夏バテ気味なら豚肉を中心にすることをお勧めします。ビタミンB群には疲労回復効果が期待できますから」

『それなら栄養ドリンクで――』

「済ませないでください。本気で怒りますよ」

『いやいや……それで陽介。お前はどう考えた？』

絶対音感さんの新しい情報について。何も考えていない。陽介は笑って誤魔化そうとして、素直に昼寝していたことを告げた。

「家だとうまく眠れなくて」

『エアコンねぇからかもな』

「そうですね。エアコンのある部屋で寝たいなぁ」

右の耳は月也の息を捉える。言葉にされなかったそれは、戻ってくればいい、という意味合いだったのだろう。それを口にしなかったのは、陽介がはぐらかし続けたためだ。

帰れない可能性を、月也も察し始めている。

その確率を曖昧なままに保つために、あえて確かめないのだ。観測しなければ、値は定まらないから。目を背けるために話題は逸らされる。

『……とりあえず。となりのピアニストに嫌がらせの認識はねぇよ。結果そうなっちまってるってだけで』

「そうなんですか？」

『ああ。キーワードは、となり、朝、テレワーク』

考えてみろということらしい。通話中のために確認できない、絶対音感さんの返事を思い出しながら、陽介は視線をさまよわせた。

となりの家で、ピアニストは狂ったピアノを弾いている。その音のせいで、絶対音感さんは眠りを妨げられる。それは朝だけのこと。これが嫌がらせではないのだとしたら、ピアニストの目的は。

「ピアニストさんは目覚まし時計の役をやってるんですね！」

『エクセレント』

月也はきっと微笑んだ。癖の強い前髪に隠れがちな、暗い目を細めて。

『一度、狂ったピアノによって遅刻から救ったことがあったからな。その時の感謝がよほど嬉しかったんだろう。だから、今も遅刻しそうなんだと思って調子はずれのピアノを鳴らしてるんだ。もしかしたらまた、感謝の言葉で接点ができることを期待してるのかもしれねぇな』

「でも。どうしてピアニストさんは、絶対音感さんが遅刻するって分かるんですか？」

『はあ？　簡単な話だろ。となりの家なんだから』

すっかり馬鹿にするような口調だ。陽介は口を尖らせて、社務所の方に目を向けた。そのとなりには何も建っていないけれど、アパートがあると想像してみる。

並び合った家。それだけで、遅刻の可能性を察することができるとしたら……陽介の思考を助けるかのように、社務所のレースカーテンが揺れる。神社に住み着く白い猫が、ひらりと窓から飛び出してきた。

「そっか。カーテンが開かないから。ピアニストさんはカーテンを見て、絶対音感さんがまだ寝ているって分かるんですね」

『そういうこと。カーテンが開けば満足して、となりのピアニストは狂った音楽をやめるんだろう。問題は、今が感染症下ってことだ』

「絶対音感さんはテレワークになったから、早起きの必要がなくなった。でも、ピアニストさんはそのことを知らないから」

『結果、嫌がらせになっちまってる』

思いやりがもたらしたご近所トラブルだったというわけだ。それなら、解決はいたって簡単だ。絶対音感さんは一言、テレワークになったことを伝えればいい。

「優しい事件でよかったです」

『本当にな。こんな容易な事件も解けないなんて、陽介は陽介だよなぁ』

「そういう意味の優しいじゃないですし、どういう扱いなんですか僕は」

『どういうって……』

月也の声が途切れる。胸をざわつかせる沈黙に、陽介は胃が痛くなる。スマホを持たない左手で腹を押さえて、白木の舞台を見つめた。

白猫がころんと横になり、夕涼みを始めた。もしかしたら、と陽介が予感した通りに、灯籠の陰からもう一匹、黒い猫がやってきた。黒猫は舞台には目もくれず、社務所に向かっていく。餌をねだるように長い声で鳴いた。

猫に呼び出された宮司と目が合った。陽介は軽く会釈して、苦笑する。彼が掛けてくれた言葉が思い出された。

――陽介と月也のば、私ば一番好きだったじゃ……。

「気付いちゃったんです。剣は、月也先輩じゃないと嫌なんだって。だからもう、僕は他の人と間を合わせることは難しいです」

『……そうか』

「先輩が、こっちに来ることはできませんか？」

とうとう陽介はこぼしてしまった。自分が戻れないのなら、月也の方から来てはくれないかと。身勝手な願い事に口の中が苦くなる。

自己嫌悪だ。どうして自分はこうなのだろうか。泣きたい気持ちで膝を抱える。

月也の声は、三日月のように細く、静かだった。

『俺がそっちに行くことの意味、忘れたわけじゃねぇだろ』

「………」

『完全犯罪の遂行と俺自身の死。やってもいいんだな』

「いいわけないでしょう」

二か月前の梅雨空の下。どれほどの思いで止めたのか、それこそ忘れたわけじゃないだろう。一緒に生きるために、一緒に死ぬ覚悟までした、あの日。

『ここは二人の家なんだろ』

「………」

『今度は俺が待ってるしかねぇじゃん。似合わねぇけど』

ケラケラ、と月也は軽い調子で笑う。陽介はスマホをぎゅっと握りしめた。虚勢でもいい。嘘でもいい。今は言わなければいけないと思った。

「待っていてください。きっと帰ります」

『ああ』

待ってる、と月也は繰り返す。その背後で、遠雷が鳴っていた。

舞台の上の白猫も、いつの間にかいなくなっていた。

＊ヘルツ［Hz］周波数の単位

第6話　インプリンティングの真贋《しんがん》

首相が辞任を表明したのは八月二十八日の夕方のことだ。それから新聞は、ずっと総裁選関連に紙面を割いている。ほんのわずか、新型感染症の話題が褪せて見えるほどに。

八月三十一日。朝のニュースも候補者を予想することに忙しいようだ。

「正之ば忙しそうにしてらったじゃ。東京サも行ったりしてなぁ」

高徳は新聞を畳み、古びたダイニングテーブルの隅に置いた。そんな父の前にナスとミョウガの味噌汁を置き、陽介は目を合わせずに問いかける。

「桂さんとこってなんかあったりした？」

一度は聞かないことを選んだ、桂家の事情。電話だけでなく、手紙まで送って何を伝えたかったのか。

「清美さんば体調崩してらって話だども。詳しいことは知らねぇじゃ。臥《ふ》せってらへるわりには、正之もへらへらしてらって……なして陽介ば朝飯こさえてんの？」

「やりたいから。母さんじゃ珠々菜のオーダー答えられないし」

「そう！　お兄ちゃん玉子王子だよねぇ。オムレツふわっふわだし」

にこにこと箸を動かしてくれるのは嬉しいけれど、陽介は壁の時計を見やって眉を寄せる。この調子で食べていたら遅刻するかもしれない。

「文句あるなら食べなくていいから」

卵白を泡立てて作ったオムレツの皿を、いくらか乱暴に置いた。畑仕事から戻らない曾祖母と祖母の分にはラップをかける。洗濯物を干している母の分は、とりあえずそのままにしておいた。

「食べ物ば無駄サしねぇども。どうせ仕事ばすんなら、畑ば手伝ってもらいたいじゃ。じさまばいねくなったすけねぇ、大変なんだじゃ」

「おれは学費の調達で忙しいから」

「三野辺さんとこで寝てらばっかいるって、茂春ばへてらったどもなぁ」

「……」

「早く覚えたらええじゃ。陽介の畑でもあるんだすけ」

いらない、とどうして口に出せなかったのか。陽介は右手を強く握りしめて、今も残る自分の席に座った。「いただきます」と両手を合わせ、みそ汁椀を持ち上げる。

(分量間違ったな)

自家製味噌は塩分量が違っていたようだ。いつもの感覚で溶いてしまったせいでしょっぱくなっていた。

「お兄ちゃん、夜はロールキャベツね！」

遅刻すると騒ぎながら、珠々菜は食卓から走り去る。よりにもよって父と二人きりになってしまった陽介は、うつむきがちに白米を口に運んだ。向こうで買う安物よりもずっと甘いことが、どうしようもなく腹立たしかった。

「陽介ばおる方が賑やかサなるな」

「……気のせいでしょ」

「僕ばそう感じるんだじゃ。ぬくい空気サなるなぁって。だすけ僕は、陽介サいてもらいたいんだどもねぇ」

顔を上げず、陽介はみそ汁でご飯を流し込んだ。「ごちそうさま」と呟いて、二階の自室へと駆け上がる。タオルケットから毛布に変わったベッドに飛び込んだ。枕元に置いておいた『量子論入門』の表紙にふれた。

「きっと、幸せな家庭に見えるでしょうね」

月也の家に比べたら尚更に。

曾祖母や祖母は穏やかで、気難しいこともない。祖父は少し頑固だったけれど、昔かたぎだっただけだ。父はきちんと理解を示した上で、話し合い、意見を伝えてくる。母は母らしく口うるさいけれど、心配する想いからだ。妹は奔放でやかましいけれど、慕ってくれている。

不満を述べる方が間違っていそうな「家族」だ。これが「日下」でなかったなら、陽介は素直に幸福だと言えただろう。

（なんで「日下」かなぁ……）

誰からも頼られる町の相談役という存在。みんなに平等に接する立場は、裏返せば、誰の特別でもないということだ。

日下くん……学校で助けを求めてきた人は、親し気に声を掛けてくれた彼・彼女らは、となりを並んで歩いてくれたことはない。みんなとなりには、自分だけの特別な人を持っていた。友だちでも、交際相手でも。

(僕も先輩と同じで、手をつないだことはなかったんです)

本にふれていた右の手のひらを見つめる。少し角度を変えると、草刈ガマで付けた傷が存在を主張した。

おそらく父は無意識だったのだろう。幼い子どもさえも「特別」には扱わなかった。手をつないで歩くようなことはなかった。母は、妹の世話に追われていた。

(ああ、そうだ……)

母に作った目玉焼きが始まりだ。妹を抱えて家事に追われている姿が大変そうで。物干し竿には手が届かなくて、料理ならできるような気がした。

どうしてか、誰も母に手を差し伸べなかったから、自分が何かしようと思った。

――ありがとう。

母は笑ってくれた。頭を撫でてくれた手はパサパサに乾いていて、でも、とても優しかったのだ。

あれからずっと、陽介の中には何かがこびりついている。

本当に「助ける」ことができるのはなんなのか、分からなくなっている。それは「日下」に対する疑問そのものだ。

平等であればいいのか。好い人であればいいのか。

長男でなければならないのか。本家でなければならないのか。そもそも……。

(「日下」だから助けるわけじゃないのに)

当たり前のように助けを求められることにうんざりして。父と同じ姿勢を求められることにうんざりして。

手を伸ばしても「さすが日下くん」で済まされてしまって。

誰の特別にもなれなくて。誰の心にも存在していないような気がしていた。

高校一年生の夏、桂月也を知るまでは……。

(出会わなきゃよかったのかな)

量子論の本を開き仰向きになる。Ψを含む式は、どう解かれているのかさっぱり分からなかった。

月也を見つけなければ、様々な疑問も不満も、思春期の終わりとともに呑み込めたのかもしれない。「家」を受け入れて、父と一緒にリンゴの枝を剪定《せんてい》していたかもしれない。

そうしているうちに、ちゃんと「日下」になれただろう。

それなのに……月也と出会ってしまったばっかりに、わがままになってしまった。

壊せるかもしれない、と期待してしまった。

特別に対する執着を、捨てきれなくなってしまった。

それでも、この家族を捨てきれない優柔不断も抱えている。天秤はずっと揺れ動き続けている。だから、「逃げる」は言葉だけで実行されない。

逃げることで失うのも怖いのだ。

「……神社行こ」

本を閉じ、陽介はベッドを下りる。頭の中がぐちゃぐちゃになっていた。さっぱりするためには「空の神楽」がいいように思った。

陰と陽。内と外。一と全。女性と男性。好きと嫌い。特別と平等。善と悪。生と死。あらゆる二面性と、相対するものの関係性を振り払って。「境」を切り、うち砕いて、空っぽにしてしまいたかった。

そうしてまっさらになったら、どんな「縁」ができるだろうか。

(先輩なら、量子って言うんだろうな)

白木の舞台を独り占めして、陽介は錫杖で大きく円を描いた。シャランと澄んだ音が響く。その先の空には、入道雲が成長を見せていた。明日から九月、夜は毛布が必要になってきたというのに、昼間はまだ夏が残っている。

(量子には境なんてないから)

右足を軸に低く、反時計回りに一回転。一緒に錫杖で床面を撫でれば、月也はひらりと跳び、着地に合わせて剣を振り下ろす。それを左に流すようにかわして、背中合わせに立つ。

ふっと動きが止まる。神楽の終わり。

シャラン、と錫杖を下ろす。

「相補性」

量子論の父、ニールス・ボーアの考え方だ。粒子と波動が表裏一体となった量子は、それぞれの裏面にそれぞれの特徴を持っている。どちらかなのではなく、どちらでもある。違って見えるのは、違ったように見る人がいるからだ。

観測によって変わる世界。

関係によって変わる世界。

(量子論の世界ならどんなものでも受け入れてくれるのかなぁ)

ひらり、と舞台を飛び下りた陽介は、靴下のまま拝殿に移動した。足の裏に違和感がないのは、宮司が綺麗に清掃してくれているからだろう。二礼二拍手一礼してから三段ばかりの階段をあがる。錫杖を抱くように横になった。

茂春との練習は午後からだ。昼食のあと、少し落ち着いてから。夏だとちょうど気温が高くなる時間帯だから、農作業には向かない。だから相手をしてくれる。

(猫、いないな……)

涼しい場所を知っているから、自分のお気に入りの場所でくつろいでいるのだろう。そういえば、と陽介は思う。どうしてシュレディンガーは、思考実験とはいえ猫を犠牲にしたのか。猫嫌いだったのか。月也なら知っているだろうか。

「ああもうっ」

青いステンドグラスを見上げて、陽介は自分を笑うしかなかった。グルグルとした思考の中に、どうしても月也が現れる。そばにいない分、彼の「場」を思い出そうと必死なのかもしれない。

僕が僕であるための数値、を求めているのだろう。

（さすがに夢にまでは出てこないけど）

あくびを一つこぼして、陽介は目を閉じた。茂春に告げ口された通り、ずっと三野辺神社で寝てばかりいる。家でうまく眠れない分を取り戻すように。

あるいは、本当に神と話したいのかもしれない。

割り切れない自分は、何を選んだらいいのか……。

「陽介」

しわしわとした声に起こされた。今日もまた豆絞りのほっかむりをしたキヨが、ペットボトルの麦茶と、アルミホイルで包まれたおにぎりを二個、差し出していた。陽介は胡坐をかいて受け取り、軽く頭を下げた。

キヨは陽介に背を向けると、階段に腰を下ろした。

「陽介ば、物のあわれば知ってらか」

「ううん」

「簡単サへれば、心が動くことだじゃ。心の動きで世界と関わる。そこサ時の流ればあるんだよ。流れゆく時の中でしか、人ば出会ったり知ったりすることばできねぇんだじゃ」

「はあ……」

月也の理科とは別の方向で、うまくつかみ取れない話だ。陽介はおにぎりのアルミホイルをはがし、一口かじった。海苔と塩の加減がちょうどよかった。

「だすけなぁ。知りたければ、心サ素直になることだじゃ」

「心に素直に……」

「んだ。頭ば分かってねくとも、心ば知ってらすけな。ちゃんと『ああ』って声があふれてくるんだじゃ。それば、物のあわれだじゃ」

「……」

おにぎりをかじる。「ああ」という気持ちが起こる。ああ、美味しい。汗をかいているから、しょっぱめの焼き鮭が嬉しかった。

「キヨさん」

「んだね」

「いや、おれ、まだ何も言ってないんだけど」

「聞かなくても分かることばあるじゃ。見えてるものサ素直になれば、察してやれることもあるもんだじゃ。だども、ワば口出せねぇよ。それば陽介の問題で『日下』の問題だすけね。だども、黙って見守ってやるくらいのことばできらすけ」

「……」

「陽介。物のあわれだじゃ」

ひゃひゃひゃ、とキヨは立ち上がる。背中で手を組んで歩き始めると、どこからともなく現れた白と黒の猫が後をついていった。陽介は不意に思い付いて拝殿を飛び下りる。キヨの背中に向けて叫んだ。

「どうして僕を太陽にしたんですか！」

少子化の進んだ町ではある。けれど、月也が生まれてから陽介が生まれるまでの間には一年あった。その間に生まれた同郷の子どもは、それなりの数はいたのだ。

名前が、罪を隠した。キヨの告白でなかったのだとしたら。

どうして「日下陽介」にしたのか……。

「似てらと思ったからだじゃ」

キヨは背中で答えた。

「ああ、この子は月也坊ちゃんサ似てらなぁって。ワの心ば動いたすけな、願掛けしてみたんだじゃ。面白い二人サなるとええなって」

足元に絡まる猫たちをたしなめて、キヨは石階段に消える。陽介は深く息を吐き出して拝殿に戻った。錫杖を一撫でしてから、おにぎりを口に運んだ。

茂春に伝えようと決めた。

「あなたと、舞うことはできません」

白木の舞台の上。泥汚れがこびり付いたズボンの茂春が剣を構えたところで、陽介は錫杖を床面に置いた。シャラン、と音を立てた輪を見つめ、もう一度告げる。あなたとは舞えない、と。

「おれの舞は月也さんとの『間』でできてるから。茂春さんには合わせたくない」

「今更？　祭りは五日なんだよ。今更なんて無責任すぎるんじゃないかなぁ」

「分かってる。でも……日下の代役だっているでしょ」

「君は！」

茂春は陽介の襟首をつかむ。からん、と剣が落ちた。飛んできた唾に陽介の思考は妙に冷えた。もし茂春が感染していたら、自分にもうつってしまうのだろう。そうしたらますます月也と隔離されてしまう。

「本家の長男は君しかいないだろ！」

日が陰る。入道雲を発達させるだけの気温と、秋が近付く上空の気温の低さ。季節の変わり目は大気を不安定にしている。

それは、遠雷を呼んだ。

三日月を伴う遠雷を。

「同じように、日下茂春という存在も、あなた一人しかいないはずですけどね」

銀色の剣のように冷ややかで、それでいて通る声が鳥居をくぐる。なんで、と陽介は目を見開いた。それ以上に「ああ」という想いが込み上げる。

ほとんど泣きたいような気持ちで、桂月也を見つめた。

残暑の中ではのぼせそうな、黒い長袖シャツの月也は、乱雑にスニーカーを脱ぐ。ひょい、と舞台に上がるとマスクをズボンに押し込み、剣を拾い上げた。光る剣先で、茂春の手をどけさせた。

「いける？」

「あ、はい」

戸惑いつつ陽介も錫杖を手にする。

空の神楽は背中合わせの状態から始まる。

動き始めは陽介のタイミングだ。反時計回りで向き合う時、シャラン、と響く錫杖の音が合図となる。その一瞬のずれを考慮して、陽介はわずかに遅れて錫杖を振る。真正面で交差する剣は、三日月のしなやかさで一歩後退する。

追って、錫杖で突く。一歩。シャランと揺れる輪は、月也の丸い耳のそばを抜ける。左手で払いつつ、月也は右手一本で剣を振り、斜めに銀色の軌跡を描く――

「きっかけは日下茂春が中学に進級する年です」

上から落ちてくる剣を横にした錫杖で受け止め、剣を絡めとるように錫杖を回す。素早く逃れた月也は、突くように踏み込んでくる。

「陽介くんが突き飛ばされた、あの夏。日下茂春に起きたことを説明しましょう」

「解けるんだ」

後退しつつ姿勢を低くし、陽介は弧を描いて月也の左脇腹を狙う。シャラン。ふれるスレスレのところで、剣によって上に弾かれる。

会話をしながらも乱れることのない舞を、茂春は舞台の外から見上げることしかできなかった。

「日下に限らず、この町には家父長制的思想が根強く残っています。だとすれば何故、日下茂春は家業を継ぐことができたのか……」

「それは、茂春さんが農業を好きだったからで。叔父さんに理解力があったからだろ」

「その叔父さんは、陽介くんの父親の弟、つまるところ本家を継げなかった人です。農地を分けてもらうことによって、現在の立場を手に入れたような……ぼくはその点が引っ掛かりました」

剣をひらめかせながら足を狙ってくる月也をかわし、陽介は錫杖をくるりと回転する。

「弟だったために得られなかった権利を、自分の子、次男には与えようと考えていたとしたら。そのために、家業を好きになるように教育していたのだとしたら」

「まさか……」

「陽介くんだって言っていたことあるでしょう。家庭科教育、食を通じて農業への興味を抱かせるって。幼い子ども相手なら、好奇心をうまく刺激してやれば『好き』を思い込ませることも可能なのではありませんか」

否定はできない。アスリートの親を持つ子がアスリートとして活躍しやすいように、最初からある環境は否応なく子どもに影響する。

錫杖を振り下ろしながら、陽介はちらりと茂春を見やった。かつてキラキラした目で果物や野菜について語っていた彼は、きつく唇を噛んでいる。

「しかしながら、そうなると不憫なのは長男です。次男ばかり可愛がられていたわけですから……そんな長男が、自分に目を向けさせようとした。それが日下茂春が中学に入る年であり、三歳上の兄が高校に入る時だったとしたら、何をしたでしょうか」

下から上に抜けようとする剣を錫杖で受け止め、陽介は首をかしげた。

「非行に走ったって話は聞いてないけど。北高に進学して……やっぱ目立ったことはしてないと思うな」

「眼鏡、拭いた方がいいですよ」

「確かに汗で曇ってるかもね」

「わざわざ受験というヒントを与えたっていうのに……父親の関心を得たいのなら、簡単な進学先があるでしょう」

「農業高校！」

シャランと錫杖を響かせ、陽介は左手に構え直した。「エクセレント」と頷いて、月也は右手に構え直す。

「どこかの誰かさんと違って、長男としての自覚があったのでしょう。農業を継ぐ意思があることを伝えた結果、長男は知ることになったんです。父親が次男に家業を継がせようとしていること。長男は自由にすればいいこと。そのために、日下茂春が農業を好きになるように育ててきたのだ、と」

「それが……」

その話を、茂春は兄から告げられたのだ。お前はいいように父に利用されている。家業を継がせるためだけに育てられたのだ、と。

次男であったために、本家を継ぐことのできなかった自分の代わりに——

「自分の『好き』が作り物だって言われてしまったから」

「ええ。根本の原因である本家、その長男に牙を剥いたんです」

ほとんど八つ当たりだ。

けれど、茂春はそうすることしかできなかったのだ。

父に歯向かうことは、作り物になってしまった「好き」すら否定することになる。兄の言葉を否定すれば、自分の好きを本物のままに保てるかもしれない。けれど、素直に本物として抱えるには、ノイズが入り過ぎてしまった。

本物か偽物か……答えの出ない感情に蝕まれた茂春のそばで、陽介は無邪気だった。何もしなくとも、本家の長男というだけで、分家よりも広い農地を手にすることができる。

茂春に疑問をもたらす原因となった、「弟」のコンプレックスに苛まれることもない。

そんな陽介が「兄」と慕ってくる。

あの夏の茂春には、もう、耐えられなかったのだ。

「そうだったの？」

「そういうことですよね」

錫杖の先と剣の先が、同時に茂春を捉えた。神楽にはない動きであっても、陽介と月也の「間」はぴたりと合う。舞台から見おろされる形の茂春は、何も言わず肩をすくめた。

「自分は結局父の代わりでしかない。けれど、今更別のものを好きになることもできなかった。農業に対する興味を抱えて生きるしかなかったんです。そんなあなたにとって、日下陽介はどう映っているのでしょうね」

二歳しか違わない茂春は舌打ちするばかりだ。陽介はきつく錫杖を握りしめた。シャラン、と揺れる輪は物憂げだった。

「好き」に疑問を抱くことになった茂春に、陽介はどう見えるのか……。

生まれながらに持っているのに、ふらふらと首都圏に出て行ってしまっている。農業とは関係のない教育学部で、時間を無駄にしているように思えるだろう。今の陽介と同じ年、茂春はとっくに畑で働いていたというのに。

今日などとうとう、舞の役を放棄しようとした。

日下の長男だからこその役割を、他に代わりがいると言ってのけた。

「おれは」

陽介は錫杖を下ろししゃがみ込んだ。ちら、と月也を見上げる。伸びた前髪に隠れがちな暗い目を瞬かせて、彼はゆっくりと頷いた。剣を陽介の前に置いてから、背後へと回り込む。陽介と背中を合わせるように胡坐をかいた。

　シャツを通して伝わってくる体温は、熱かった。ああ、と陽介は息を吐き出す。ゆっくりと瞬いてから、まっすぐに茂春に目を向けた。

「僕は、日下を継ぐ気はありません」

「何言って――」

「素直な気持ちです。でも、ただのわがままですから。どうしようもなければ引き受けるでしょう。他に好きなものがあっても、その気持ちに蓋をして、日下の長男を演じるくらいはすると思います」

　眉を寄せ、陽介は桂の剣をつかんだ。まだ残るぬくもりごと、強く握りしめた。

「そんな僕には、あなたが幸せに見えます。自分の好きなことと、家が求めることが一致している。それはとても羨ましいことです」

「……僕は、そう思い込まされていただけだけどね」

「そうでしょうか。茂春にいちゃんがリンゴの種類を教えてくれた時、とてもキラキラした目をしていました。タバコの病気の時は本当に心配そうにしていて、膨らみ始めたナスにはウキウキしていた。あのすべては、本物だったのではないですか？」

「……………」

「僕らは何も知らずに生まれてきます。教えられ、出会うことで興味を抱きます。その心は、誰が強要できるものでもありません。出会いの中から自分の手で選び取っていくものです。心のままに」

それこそキヨが言っていた「物のあわれ」によるものかもしれない。心が動くから、そちらへと導かれる。

良くも悪くも、手を伸ばし、離し難くなってしまう。

「偉そうな説教だね、陽介くん」

「教育学部ですから」

「まあ、月也くんが来たんじゃ僕はお役御免だしね。正直、神楽なんてやりたくなかったんだ。今年は天候不順だから、畑の方に集中したかったし」

「本当に好きなんですね」

「君よりはね」

茂春は大きく両腕を伸ばすと、石階段に向かい始めた。鳥居をくぐったところで回れ右をする。神様に向かってでの挨拶かと思えば。

「やっぱり僕は君が嫌いだよ！」

一言叫んで、駆け下りていった。

背中で、月也がケラケラと笑い出した。

「分家相手とはいえ、とうとう暴露しちまったな。日下の突然変異くん？」

「構いませんよ。どうせ父も、察してはいるでしょうから。それより問題は先輩ですよ。どうしてここにいるんですか」

「んー」

ふ、と陽介の背中から熱が消える。立ち上がった月也を振り仰ぐと、彼は暗い色のズボンから加熱式タバコを取り出した。

「顔見たくなったから？」

「……一度本気で殴ってみてもいいですか」

シャラン、と陽介は錫杖を構える。金属製の錫杖は凶器として申し分のない重さがあった。特別な祭具というのもまた、ミステリーの演出にはぴったりだろう。陽介には完全犯罪など思い浮かばないけれど。

「落ち着けって。とりあえず『桂』をどうこうしようってつもりはねぇよ。状況が変わったんだ。お前だって知ってるだろ、首相の辞任」

「あー……」

今朝、父が新聞を広げていた。テレビでも報道されている。いくら政治に興味のない陽介と言えども、情報は入っていた。

「ちょっと驚きました。新型感染症が収束したわけでもないので」

「まったくな。まあその関係で、親父の方がこっちに来やがったんだよ。どうせ夏休みで暇だろうからって、選挙運動手伝えって。うぜぇから逃げてきた」

「桂議員立候補するんですか」

「しねぇけど。裏で色々やってんだろ。派閥すら知らねぇレベルだから分かんねぇや」

ふうっと月也は煙を吐き出す。好きではないタバコのにおいを、陽介は妙に懐かしく感じた。揺らめく煙の向こうの月也は、空を覆う雲を睨んでいた。

また、遠雷が聞こえた。

「先輩?」

「お前さ、お兄ちゃんなんだよな」

「そうですけど」

何を今更、と陽介は首を捻りながら剣も拾い上げる。雨も降り出しそうだし、月也相手なら練習の必要性も感じない。さっさと切り上げる方がよさそうだった。

「きょうだいってどう?」

「まあ、うっとうしいですけど。親よりも歳が近いという意味では、共通理解はある気がしますね。僕の料理喜んでくれますし」

「あーそっか。きょうだいってそうだよな。親子ほど歳の差のあるきょうだいなんてめったにねぇか」

「……もしかして。隠し子でも見つかりましたか!」

うわ、と陽介は眉を寄せる。ただでさえ月也が不貞の子だというのに。さらにどこかに子どもをもうけたのだとしたら。新たな完全犯罪のネタにできるのかもしれない。

「隠し子かぁ。残念ながら隠し子じゃねぇよ」

ふっと煙を飛ばして、月也は加熱式タバコを仕舞った。長いまつ毛を伏せて舞台を飛び下りる。陽介は慌てて追いかけた。シャラン、カチャン、と錫杖と剣が音を立てた。

「先輩。家には？」

「まだ行ってねぇ。なんか、まあ、ワンクッションほしかったっつーか」

「え。本当に僕の顔見たかったんですか？」

からかうように目元を覗きこめば、月也はふいと視線を逸らす。陽介はたまらず吹き出した。月也はますます表情を険しくする。

「そうしねぇと、突発的犯行に及びそうだったんだよ！」

「へぇ。桂月也ともあろう人が。へぇ」

「うっせぇな！」

陽介は笑いながら社務所に声を掛ける。きっとすべてを見ていただろう宮司は、陽介と月也の顔を交互に見やって頷いた。

「楽しみにしてらよ、二人の神楽」

キヨのように笑う彼に錫杖と剣を預ける。石階段を一段下りると、月也は頭の後ろで手を組んだ。

「でも。マジでやらかすかもしれねぇんだよ。そしたらさ、例のDNA鑑定書使って、俺の代わりに暴露しといて。キヨんとこに預けた鞄にあるから」

「なんか、遺言に聞こえるんですけど」

「かもな」

左右非対称の笑みに雨粒が落ちる。陽介は奥歯を噛みしめて、とりあえず月也の脇腹に手刀を叩きこんでおいた。短く呻き、月也はくの字に身体を曲げる。

「だからなんで、お前ってそう暴力的なんだよ。普段は傷付けるのも傷付くのも嫌だとかぬかしてるくせに」

「なんででしょう？　でも、誰にでもってわけじゃないですよ。月也先輩にだけの特別サービスです」

「いらねぇし」

「生きてろって意味ですよ」

生きているから痛みはある。痛みは「生」を感じる手段だ。だからといって傷付けることを肯定するわけではないけれど、と陽介はつま先を見つめた。

「先輩は、これから実家に？」

「ん……まあ、正直まだ迷ってる」

「じゃあ、うち来ますか。久しぶりに僕のご飯食べたいでしょう？」

「迷惑とかねぇの」

「本家は広いんですよ。珠々菜からロールキャベツをリクエストされてますから、洋食ベースで好きなもの作りますよ」

「ロールキャベツかぁ……陽介のだと、わりとメインに近いよな。クラムチャウダーは冬っぽいか。マリネ系？」

「いいですね。せっかくこっちにいるんですし、ホタテ買っちゃおうかな。どうせ僕の金じゃないし」

魚介の種類が豊富なスーパーの棚を思い出し、陽介はにこにこする。オリーブオイルも買わないと、と脳内にリストを作りながら、眼鏡の水滴をシャツで拭った。

少しずつ、少しずつ、雨が強くなってきている。

遠雷も、遠いとは言えなくなってきている。油断していると、一気に強まるかもしれない。スーパーは石階段を下りてすぐ向かいだ。急げば濡れずに済むだろう。

「陽介」

「はい」

「やっぱなんでもない」

「はぁ？」

「走ろう。雨やばそうだ」

スーパーに駆け込んだ瞬間、外は先が見えないほどの土砂降りとなった。雷はもう、すぐ上で鳴り響いていた。

早めの夕立はすぐに止むどころか、しつこい雨へと変わっていく……。

陽介にはいくらか低く感じる調理台でキャベツを巻いていると。すぐ後ろのテーブルで珠々菜が甲高く叫んだ。

「すごい分かった！　公式って自分で出せるんだね！」

「高校受験は図形が表示されていることが多いですから。それも、正確な比率で。そこから関係をつかんで解いた方が楽だと思います。公式を暗記するよりは」

「そうだったんだぁ。さすが、お兄ちゃんを合格させた神ですねっ」

思い出したように珠々菜は敬語になる。陽介がため息をこぼすと、月也はくすくすと笑った。「ため口でいいですよ」と。

「陽介ば世話サなってらねぇ。なんもねぇけど、これ、うちでこさえたリンゴジュース」

「キミば茹でてきたすけ、け」

「ワば漬けたキュウリもどうぞ」

母がジュースを注ぐ。曾祖母は採ってきたばかりだと自慢気に、トウモロコシを渡している。祖母のもてなしは秘伝のレシピの古漬けだ。これから夕飯だというのに、と陽介は頭を抱えたくなった。

「邪魔しないでっ。わたしの受験がかかってるんだから！」

珠々菜が威嚇する。

「そったらことより、月也くんば酒ばいける？　どうも陽介、下戸っぽいんだじゃ」

父まで乱入してきた。雨でなければ、まだ外で農作業中の時間だったというのに。「実咲子、酒」と祖父の仏壇から地酒を持ってこさせている。かんぴょうでキャベツを結ぶと、陽介はさすがに怒鳴った。

「ソーシャル・ディスタンス！」

「えー、いいじゃん。わたし受験生だし」

「だってねぇ、月也くんば来たの初めてだすけなぁ」

「横文字ば分からねぇじゃ」

「んだんだ」

「清美さんばどうしてらじゃ。臥せってらって？」

「すみません。母にはまだ会えてなくて……あ、珠々菜ちゃん、そこ計算ミス」

「密禁止！」

日本語で手を振ると、珠々菜以外を散らすことには成功した。月也はリンゴジュースのグラスを手に取り肩をすくめる。

「賑やかだな」

「すみません」

「いや。陽介くんが優柔不断になる気持ちが、少し分かった気がします」

「ええ……」

陽介は瞼を伏せ、キャベツを巻く作業に戻った。コンソメで煮る予定だったけれど、クラムチャウダーと口にした月也を想って、ホワイトソース仕立てに変更した。アサリの出汁を効かせたスープはすでに作り終わっている。

(賑やか、か)

当たり前に騒がしかったこの家が、当たり前ではないと知ったのも、月也がきっかけだった。祖父母が亡くなっていて三人しかいないはずなのに、それでも食事のタイミングが合わないとか。月也だけ、離れに暮らしているとか。

「月也さんって、いただきます・ごちそうさま、も知らなかったんだよね」

「え、そうなの？」

「語幹があります。使うようなことがなかっただけです」

それはそれで不思議らしい。珠々菜が問題を解く手を止めてしまう。月也は苦笑して、次の文章題を指差した。

「これは引っ掛けがあります。まずは自力で解いてみてください。どういうところで躓くか、パターンを見つけましょう」

「あ、はい」

詳しく知りたい気持ちを我慢するように、珠々菜はテキストに目を落とした。陽介は人数分のロールキャベツを、アサリ出汁のスープの中に並べる。弱火にすると、玉ねぎのスライスに取り掛かった。目を襲う刺激に瞬きが多くなる。

（話したい事あるのになぁ）

正直、珠々菜が邪魔だ。けれど、受験勉強の妨害をすることもはばかられる。月也がまた、楽しそうに家庭教師をしているのも、陽介が割って入れない理由だった。

仕方がないから調理に集中する。

それはかえって、思考を冴えさせた。

（本当に、桂議員から逃げてきたってわけじゃないよな）

理由の一端ではあるかもしれない。しかしながら、それならどうして「ＤＮＡ鑑定書」を持ってきたのか。梅雨の日々の中で暴き出された、二十一年前の秘密。月也の本当の母が日向望であることを示し、日向家の孫を死産だったと偽って桂家長男に仕立て上げた証拠となる、完全犯罪のための切り札を。

無闇に持ち歩く理由はない。

桂月也のことだから、使う意思があって持ってきたのだ。

（大学卒業までの執行猶予を取り消すような、何かがあった？）

彼のそばにいない間に。一度は安定した月也の心を揺さぶるような何かが起きたのだろう。けれど、月也はすぐに桂家には向かわなかった。

（迷ってる……）

三野辺神社の石階段で、月也はそう言った。彼にしては珍しいかもしれない。罪を犯すことに躊躇いを抱くようなタイプではない。

それなのに、実行を迷うとしたら。

（完全犯罪として不完全）

薄切りにした玉ねぎを水にさらし、陽介は生食用のホタテに取り掛かる。ここが生産地というだけあって、値段の割に肉厚だった。

「やっぱり兄妹ですね」

すっと月也の声が耳に入り込んできた。

「思考パターンが似てる。陽介くんも、同じような引っ掛かり方をしていました」

「えー。お兄ちゃんなんかと一緒なんですかぁ」

「むしろ喜ぶべきだと思いますよ。彼はこの通り、ちゃんと合格しているんですから。それなりに倍率の高かった公立の教育学部に」

でもぉ、と珠々菜は不服そうだ。陽介はガラスの皿を取り出しながら、口をへの字に曲げる。集中力が切れてしまった。

「言っとくけど。おれは何も、月也さんの力だけで合格したわけじゃないからね。一年間別々だったんだから。自力で勉強した期間の方が長いんだからね」

「何言ってるんですか。週三日は電話で指導してやったでしょう。あれがなかったら、第一志望は無理だったと思いますよ」

「……そんなこともありましたね」

気恥ずかしさと苦みをないまぜにしながら、陽介はガラスの皿に玉ねぎを敷く。ホタテを並べたところで、彩りの悪さが気になった。庭の畑に、トマトを採りに行こうか、と思ったところで。

「月也さんはなんで、そんなにお兄ちゃんを合格させたかったの？」

珠々菜の問いに、立ち去りがたくなってしまった。

「ルームシェアの約束をしていましたから。留年されたら、家賃とか、色々とぼくも困るでしょう。だからですよ」

「あーそっか。でも、なんで？　一人暮らしの方が気楽そうなのに」

それは、と月也はリンゴジュースを口に運ぶ。彼の含みのある視線を受け止めて、陽介は眉を寄せた。

「陽介くんから申し込まれたんです。家賃節約のために家政夫として雇いませんかって。ぼくに自炊能力がないことを見抜かれていたみたいです」

「ふぅん。月也さんって万能そうなのに」

「そうでもないですよ。得意なのは頭脳労働くらいです」

次の問題へと促すのを見届けて、陽介は台所を出る。畑はすぐそこだけれど、雨脚が強かった。仕方なく傘を差し、トマトの株が並ぶ高畝に向かう。

（全部嘘だったたな）

家政夫の話など持ちかけたことはなかった。もっと直接的に、きっぱりと言ってやったのだ。

『先輩一人だと死にそうですから、卒業したら一緒に住んでもいいですか』

確かに、栄養失調の不安もあった。それ以上に、罪を犯す不安があった。ふとした瞬間に、生きることをやめてしまうんじゃないか、という不安が強かった。

あの時、月也の返答は「保留」だった。

すっかり忘れていた卒業式に、アパートの鍵が渡された。

「面倒な人だよなぁ」

小さく笑って、陽介は雨に濡れたトマトをもぐ。スーパーでは感じることのできない鮮度を手のひらに感じ、ため息をついた。

面倒なのは自分も同じだ。

「『日下』か……」

学費調達のタイムリミットまで、約一か月。とても達成できる気がしなかった。この町のどこに金脈があるというのだろうか。

（空き巣とか強盗とかかな）

罪になることなら月也が頼りになるだろう。常々、完全犯罪のために思考を磨こうとしているような奴なのだから。人知れず連続放火事件を起こしたように、するりと金銭を盗むこともできるかもしれない。

けれど、犯罪によって調達した金を、どう説明すればいいのだろうか。

出所不明の金という時点で父は認めない。条件は達成されず退学は決定する。最悪、犯行がバレてしまったら前科者だ。

（それはそれで、「日下」から解放されるのかな）

魅力的ではあるけれど、どうしたって失うものの方が多い。そもそも、それほど大胆になれるなら、家出した方が早いだろう。

正攻法で。この町の中だけで。タイムリミットまでに百三十三万九千五百円。

「これが先輩との最後の晩餐かも」

笑えない冗談を呟いて、陽介はもう一つ、トマトをつかんだ。台所に戻ると、散らしたはずの家族が、再び月也にちょっかいを出していた。


風呂を終えた陽介が自室に入ると、月也は床に敷かれた布団の上に胡坐をかいていた。その手には『量子論入門』がある。白い指先によってめくられるページの中、「Ψ」が妙に際立っていた。

「日下の親父さんって、なんつーか、不気味だな」

陽介がベッドを椅子にすると、月也は本を返してくる。首をかしげながら受け取った陽介は、なんとなくシュレディンガー方程式のページを開いた。

「あれで俺の出生に関わってんだろ。まったくそんな素振りなくってさ。まあ、こっちが知ってるなんて思ってねぇから油断してるんだろうけどさ」

「ああ……たぶん、本当に気にしていないんだと思いますよ。あの人にとってはとっくに終わったことで、単純に、目の前の桂月也に接していただけだと」

「マジ？　図太いんだな」

「現役の『日下』ですからねぇ。過去よりも今を見ているんだと思います。そうしないと平等を保てないんでしょう」

かつて何かがあったから、を引きずらない。今目の前でどうしているか、で考える。大丈夫そうなら関わらないから、今はもう、日向夫妻を余計に気に掛けることはしない。二十一年前、娘と孫を失った夫婦は、立ち直ることができているから。

「シンプルに、今の自分に見えていることだけで判断してるんですよ、あの人は」

「コペンハーゲン解釈的なんだな」

「先輩のそれ、なんかもう、かえって安心します」

少しだけ肩をすくめ、陽介は手元の本のページを変える。コペンハーゲン解釈。確率という幅があった世界が、どうして「ひとつ」に決まるのか。その理由を説明するいくつかの方法のうちの一つだ。

乱暴に言ってしまえば、「観測したから」世界は一つに決まったということになる。それまでに何があったのか、どういう状態だったのか、そういうことは考慮しない。

相補性という言葉で量子論を語った、ニールス・ボーアを中心とした解釈だった。コペンハーゲンは、彼らが集っていた場所の名前だ。

「ボーアも『父』のような扱いでしたね」

「量子論の育ての親、か。カリスマ性のあった人で、賢者のように思われていたらしい。議論となるとしつこくて、有名な話だと、シュレディンガーを質問攻めにして寝込ませてしまっても、ベッドの端で語り続けたとか。アインシュタインとの激戦とか。相補性をとにかく崇高なものだと考えていて、どんな宗教よりも人々を導くものになるってローゼンフェルトに語ったとか。色んなエピソードのある人だな」

「科学者って、もっとドライでシンプルなのかと思ってました」

「それじゃあ科学なんてやってらんねぇよ。長い時間、それこそ一生を捧げても何も成果が出ないかもしれない。そんなものに向き合い続けられるのは、やっぱ情熱なんだろう」

それこそ熱い口調で月也は語る。彼もまた科学に心酔する者だからだ。その心のままにいられたら、死も、完全犯罪も、消えてなくなるだろうに。どちらか一方になることはなく、どちらの心も月也の中には存在している。

それもまた、相補性なのかもしれない。

「ボーアは量子論を守ろうとしていたって話もあったかな。量子論はそれまでの力学とは違って、誰かの天才的閃きで生まれたもんじゃなかったから。摩訶不思議な世界に翻弄されながら、多くの物理学・哲学者たちが解明しようと知恵を絞ってきた。あちこちで生まれる考えが量子論って一つの体系になれたのは、父なるボーアのおかげなんだろう」

「慕われてたんですね、量子論の父は」

陽介は短く息を吐くと、これまでの科学者の知恵を記した本の表紙を撫でた。これまで――量子論の歴史は百二十年を超える。それでもなお、謎は解かれることなく、連綿と熱意が受け継がれている。

もし、それが可能となったのが、本当に「父」のおかげであったのだとしたら。

陽介はもう一つ、短い息をこぼした。長く続いていくために必要なもの。科学の世界にすら存在する「中心」と、自分へとつながる日下の歴史が重なるような気がした。

もしも……もしもこの町から「日下」がなくなったとしたら。突然に、相談役が消えてしまったとしたら。

この町はこれから、百二十年も続いていくだろうか？　合併され、名を失ったりしないだろうか。あるいは、限界集落となって消滅したりしないだろうか。

「陽介。もしかしてお前『日下』継ごうと思ってる？」

「え……」

陽介はぎくりと肩を震わせる。見上げてくる暗い瞳から目を逸らし、表紙の「量子」という文字を見つめた。

「まさか。桂月也ともあろう人が、どうしてそんな――」

「だって、全然帰ってこなかったじゃねぇか」

「それは」

言いかけて、陽介は唇を噛む。それは学費を調達できていないからだ。素直に言ってしまえばいいことなのに、口が動かなかった。言わないまま抱え込んでしまった言葉は、腹の奥底に沈んで、なかなか浮き上がってこなかった。

――一緒にいられなくなるかもしれないんです。

言ってしまうことが怖かった。だから陽介は、ひきつる唇を誤魔化して笑った。

「その程度の推理なんてエレガントじゃないですよ、先輩」

できる限りに明るく言ってのけ、陽介は室内灯の紐を引っ張った。部屋を暗くすると、量子論の本を枕元に、毛布の中に潜り込む。

不意に、雨の音が強まった。

「その程度ねぇ……町での働き口気にしたり、日下茂春に引き受けるって言ったり。これだけでも充分だと思うけど。何より今日、お前の家族に関わったからなぁ」

「家族になんの関係があるんですか」

「いいなって思ったんだよ。こういう家で育ったから、こういう日下陽介なんだなって。当たり前だよな。この家って『場』の数値が陽介を作ったんなら、本当に悪い場所なわけなかったんだよな。だから、いいんだ。俺なんかと一緒にいなくてもいいんだよ」

「僕は――」

「重いんだよ」

「先輩？」

「ずっと迷惑だったんだよ。だからもう、お前は『日下』になれよ。お前なんかいない方が清々するから。『日下』になって俺の前から消えちまえよ」

なんで、と言おうとした声は喉に詰まって出てこなかった。陽介は上体だけ起こし月也のシルエットを睨む。

「鍵なんか渡すんじゃなかったな」

「……………」

おやすみ、もなく月也は口を閉ざした。陽介は唇を噛み、月也に背を向けて横になる。とても眠れる状態ではなかった。だから、月也が出て行ったことには気付いていた。

(「日下」になれって……)

いや、それ以上にきついのは。

(消えてほしいくらいに邪魔だった……？)

わがままだからだろうか。優柔不断だからだろうか。自分らしく生きるために、利用しているに過ぎなかったからだろうか。

「先輩……」

起き上がることができない耳に、雨音が響いている。

＊インプリンティング［imprinting］刷り込み

第7話　ルナエクリプス

総裁選の関係で来たついでだと、父、桂正之はPCR検査センターを訪ねてきた。電話に出ることはなく、手紙すらも無視した以上、実力行使してきたというわけだ。

センターの人の視線がある手前、さすがに月也も追い払うことができなかった。せめて人目につかないようにと、外の喫煙所で話を聞いてやることにした。

いや、単純にタバコが欲しかったのだ。

正之と向き合うには、せめてニコチンに頼りたかった。

「清美さんが妊娠したんだ」

「……………」

「安定期前だから外部には伏せてるけどな。お前にはいずれ関係してくることだから、一応伝えておくことにした。これでお前に『桂』をやらせなくてよくなったわけだけど、つってもまだ生まれてもねぇから。今度こそゼロから真っ当に育てなきゃならない。使いものになるまでは、せいぜいサポートしてやれよ、お兄ちゃん」

日差しがあまりに白いから、白昼夢でも見たのではないかと思った。あるいは、夏バテと寝不足からくる幻覚だろうか。夜の一食しか摂らない生活のせいかもしれない。

正之の言葉を、何も理解できなかった。

正之の笑顔を、殴ることも忘れていた。

蝉の声がこだましていて、日差しが白すぎて、ただただ吐き気だけがあった。

眩暈がひどくなり、立っていられなくなった。指先の感覚が消え、加熱式タバコが地面を転がっていった。拾おうと手を伸ばしたところで、本格的に動けなくなった。

センターの職員に発見されなければ、本当に死んでいたかもしれない。熱中症による体温異常でも新型感染症を疑われ、ＰＣＲ検査で陰性が出ても休暇を言い渡された。

そして翌朝。六時三十二分の新幹線に乗ったのだ。

会わなければ、と突き動かされて……。

(何が「お兄ちゃん」だよ)

一睡もできないままに、桂家の北に建てられた離れの中は明るくなってきた。おかげで昨晩は見えなかった、レースカーテンのカビに気付く。月也の卒業後、一度も換気されていないのだろう。電気も止められていた。

離れ家とは名ばかりの、犬小屋の方が立派に思える場所が月也の住処だった。

祖父母の死後使われなくなった本宅にも、母、清美のために建てられたという別宅にも居場所はなかった。向こうのボロアパートよりも狭い八畳一間。鍵もかからないここが、次期「桂」としての月也の象徴だった。

偽物だったからだ。

分家出の正之と、不貞を働いた日向望の子。そこに、桂本家の血は流れていない。分家にすら隠されている、二十一年前の秘密だ。

「俺がお兄ちゃんって……」

ぼろぼろの畳に横たわったまま、月也は深く息を吐き出す。反動で吸い込む部屋の空気はカビだらけのはずだった。けれどもう、においに慣れてしまっていた。服に染み付いたタバコと、汗のにおいの方がよほど感じられるくらいだ。

(気持ちわりぃな……)

二十一になる息子がいながら、子を成すための行為を続けていたという事実も。これまでに見たことのない、目尻の下がった正之の顔も。アレと同じ血が流れているという自分も。

清美に会おうとしている自分も。何もかもが気持ち悪かった。

(何時だ?)

清美の起きる時刻になっているだろうか。月也はのそのそと起き上がった。空っぽの本棚のとなり、文机と言えば聞こえのいい、リンゴ箱を組み合わせただけの机を向く。キヨの夫が作ってくれたちっぽけな机の上、プラスチックボトルと並べて置いてあったスマホをつかんだ。

九月一日。五時四十二分。自分の手で朝食を用意したことのない清美は、まだ寝ているだろう。妊娠の影響で生活習慣が変わっていなければ。

「……………」

スマホがくれる情報はそれくらいだった。誰からも連絡は来ていない。月也は文机にスマホを伏せると、ぐしゃぐしゃと頭を掻き乱した。

悪いのは自分だ。

「日下」になれと言ってしまった。「消えろ」とまで言ってしまった。傷付けて、切り捨ててきたのだから、何かを期待してはいけない。

（いいんだ、これで）

自分に言い聞かせるように笑って、月也は加熱式タバコを取り出す。長袖シャツの袖についた畳屑を吹き飛ばすように煙を吐いた。部屋に拡散していく煙をぼんやりと眺めた。

（「家族」としては悪くねぇんだもんな）

陽介の生家らしかった。あの中になら、陽介もすぐに戻っていけるだろう。「日下」というしがらみがあったとしても、彼ならきっとうまく生きられる。

桂月也がいなくなったとしても、きっと大丈夫だ。

「一緒に生きてみたかったけどな」

あと、もう少し。

大学を卒業するまで。

「あ、かき氷……」

約束していた。とはいえもう反故だろうか。やはり死にたがりが約束などするものではないと苦笑しながら、月也は立ち上がった。文机からボトルを取り上げ、離れを出る。

六時を告げるチャイムが、町内に響き始めた。

空は青い。まだ夏の気配を漂わせているけれど、雲はだいぶ高くなっている。イワシ雲の眩しさに滅入ってうつむくと、昨日の雨の名残が、庭木をきらめかせていた。

ぬかるみを踏まないように、石畳だけを踏んで歩く。いつもと違う歩幅は、浮かれたような歩き方をもたらした。玄関に向かう前に、縁側に「母」を見つけた。

「……母さん」

盛りを過ぎて色褪せてもなお、それと分かる紫陽花越しに呼びかける。朝の陽ざしに目を細めていた清美は、驚くことなく、にっこりと微笑んだ。いつかと同じ、紅い唇で。

「あなたはだぁれ？」

「……」

「私はあなたの母ではないもの。私の子どもはこの子だけ。あなたはだぁれ？」

細い首をかしげて、清美はまっすぐに月也を捉えている。「誰？」と問いかけながら、何者か分かっていると瞳で示しながら。

真っ白な手で、まだ膨らみも分からないお腹を撫でている。

「……ぼくは、誰ですか？」

「誰でもないのではないかしら。ただの死に損ないですもの」

「……」

「あ。パンが焼き上がるわ」

ふふふ、と笑いながら清美は障子戸の向こうに消える。月也はボトルを持たない手で、左の脇腹を押さえた。かつて、母に刺された傷が疼いている。蟲のようにうごめき、熱を帯び始めている。

——死に損ない。

（生かしたわけじゃなかったのか……）

四歳の梅雨の日。母は殺し損ねただけだったのだ。苦しみを与え続けるために生かしたのではなく、ただ、失敗しただけだったのだ。

いらないものだったのだ。

呪い、嗤うための価値すらなかった。桂の長男としても、正之のスペアとしての価値もなくなってしまった。

正しい血の子どもができたから。

「ああ……」

縁側に飛び上がって、清美を追いかけて、今すぐにでも殺してしまえば。お腹の子どもごと殺してしまえば、少しは気が晴れるだろうか。

家ごと燃やしてしまえば、少しは報われるだろうか。苦しみから解放されるだろうか。

(なんで、動かねぇんだよ)

月也は脇腹を押さえる手に力をこめてしゃがみ込む。足が動かなかった。いや、足元が分からないのだ。ガラガラと地面が崩れ去っている。殺しに行くにも、足場がなければ進むこともできなかった。

――そもそも、なんで殺したかったんだっけ？

声と思考の狭間で月也は言葉をさまよわせる。腹を押さえていた手を離し、手のひらを見つめた。白くて細い手は、もうとっくに骨になっているような気がする。こんなに脆い手で、どうして殺そうと思ったのだったか。

（だって……）

殺されそうになったから。

愛してくれなかったから。

だって、見つけてほしかったから。「犯人はぼくだよ。見つけて。ここにいるよ」。連続殺人にしておくから。見立て殺人にしておくから。

完全犯罪を解き明かして、見つけて、捕まえて。

捕まえるためでもいいから、手を伸ばしてほしかった。

死に怯える目でもいいから、まっすぐに見てほしかった。

「……どうしたら、俺を見てくれた？」

家族は。いや、それ以前に、どうしたら「家族」になれたのだろう？

血がつながっていたら家族になれたのだろうか。もっと気に入られる子どもであったなら、家族になれたのだろうか。どうしたら、家族であれたのだろうか……。

ため息を受け止める手のひらに、ぽつり、と雫が落ちてくる。見上げれば、キラキラときらめくモミジの先に、目が痛いほどの青が広がっていた。

『先輩。青空です！』

あの日、背中に感じた温度と、重さを思い出した。

『一緒に生きようと思えること。それが僕の考える「家族」だっただけです』

ああ、と月也は心から吐き出して立ち上がった。手の中——日下の小屋から盗んできたパラコート入り除草剤のボトルを握りしめて歩き始めた。

「全部間違ってたんじゃん、俺」

こんな間違いだらけの存在には、生きる価値などないだろう。一緒に生きようとしてくれた人すらも傷付けてしまう自分は、もう、誰からも必要とされないだろう。

何よりも、もう、自分が自分を赦せなかった。

(どうせ俺は死にたがりだしな)

死に場所は決めてあった。

そこへと向かう途中思い出したのは、日下陽介を受け入れてしまった日のことだった。


高校二年の新学期。生徒会は部活動紹介の貼り紙を書くようにと強要してきた。無視すれば廃部というのは、職権乱用も甚だしいだろう。

(誰も入れたくねぇんだけどなぁ)

物理実験室の黒い実験台に置いた指定用紙を前に、月也は学生服の第一ボタンを外す。

科学部はこうして、息苦しさから解放されるために作ったというのに。下手に部員が増えてしまったら「ぼく」として過ごさなければならない。ついでにと考えていた、薬品庫の鍵を入手する際にも邪魔になるかもしれない。

(どうしたもんかな)

指定用紙は、掲示板に貼り出すために統一されたA5サイズ。上部に部活名と活動場所を記入する欄があり、残り四分の三ほどが自由記入欄となっている。美術部やサブカル部なら活用できそうな、罫線のない無地の枠というのがまた、絵心のない身にはきつかった。

（確か、運動部は入部テストあんだよな……）

それならば、文化部たる科学部にも入部テストがあってもいいだろう。それでみんな不合格にしてしまえば、一人きりの科学部を死守できる。

では、どんなテストを用意しようか。

アインシュタインとボーアの論争の中心とも言える、ＥＰＲ問題でも解説してもらおうか。考えながら、月也はペンを手に取った。自由記入欄に「入部テストがあります」と書き込もうとして、不意に閃いた。

（ここにテスト問題仕込んどいた方が面白いんじゃやね？）

それも、ぼんやりしていたら見落としてしまうような、問題に見えないような問題だ。

そんな些細なことにすら気付く「観察力」こそ、科学部に相応しいだろう。

月也はペンを置き、少しだけ短く感じる学生服の腕を組んだ。

どんな問題を仕込もうか？

（記入欄は印刷されてるから消せねぇし。これをベースにするか……）

自由記入欄の正方形の枠を眺めながら月也は唸る。この四角を利用し、観察力によって気に留めなければ見落とすような、さりげない問題を作るとしたら。

思い付き、月也は手を動かし始めた。

どうせならと、皮肉を込めた。

（部活名）ScIence club　（活動場所）physics eXperiment
（自由記入欄）［十字に折り目が入っている］

部活動見学週間の三日目のことだった。

入学年度によって変わる上履きの紐。緑だから一年生と分かるセーラー服の女子二人組に一歩遅れて、まだ着慣れていない初々しさのある学生服の眼鏡が、物理実験室に入ってきたのだ。

（日下陽介……）

親しくはないが存在は知っている。地域の祭りで組まされることもある、「桂」と対を成すような「日下」の長男は、月也を認めると露骨に眉をひそめた。

気に入らないなら勝手に出て行けばいい。月也は陽介を視界から外し、女子二人に笑顔を向けた。

「入部希望者ですね」

「はい！」

「科学部、ですよね？」

女子の一人、前髪の長い方は自信なさげだ。部活名を英字表記しておいたからだろう。

活動場所も「物理実験」としか書いていない。そこから物理実験室に至るのは容易いだろうが、果たして、そこに含んだ意味に気付いただろうか。

「では。入部テストを行います」

え、とショートヘアの女子が顔をしかめる。その目には「文化部なのに？」という疑問がこもっていた。ましてこの高校は、全生徒部活動参加を義務付けているから、人を選ぶとは思わなかったのだろう。

「どうする？　アヤちゃん」

ショートヘアの女子は前髪女子に向かって首をかしげる。アヤというらしい前髪女子は、胸元の真っ白なスカーフをいじった。

「ヒロちゃんは、理科得意じゃないんだよね」

「んー……」

「じゃあ、諦めよっかな。同じ部活がいいし」

「でも」

「ねぇ、桂さん」

わざとらしいため息をついて、日下陽介は腕を組んだ。不愉快そうな目は、ちらりと月也を見ただけで斜めに逸らされた。

「その二人は協力して受けるのって駄目なの？　せっかくの高校生活なのに、同じ部活で頑張ろうって気持ちを潰す権利はないと思うんだけど」

うるせぇな、という言葉を呑み込んで、月也は微笑んだ。あくまで、女子二人組に向かって。

「では。あなた達二人が協力するのは構いませんよ。でも君は、これ以上口出ししないでくださいね」

「はいはい」

面倒くさそうな陽介の前で、アヤとヒロは「よかったね」と手を取り合う。そこまで喜ぶのは、入部テストを突破してからだろうに。心の中で呆れながら、月也は実験台の上に頬杖をついた。

「入部テスト問題はすでに提示してあります。それが何であったか、どういう答えだったかを教えてください」

「え？」

アヤとヒロはそっくりに瞬く。その程度の観察力だったというわけだ。少しばかりつまらなくて、月也は探るようにアヤを見上げた。

「特にアヤさん。あなたは確実に目にしているはずですよ。分かりませんか？」

「……すみません」

「謝罪はいりません。いいですか、ここは科学部です。だからといって、理科の知識があればいいというものでもありません。科学において必要なのは『観察力』です。問題となるような違和感を見逃す方の入部を認める気はありません」

「ふぅん。『無駄』だと思ってるくせに？」

ふらふらと室内を歩いていた陽介が呟いた。思わず月也は睨む。視線に気づいたらしい陽介は振り返り、嫌みったらしくべっこう色の眼鏡を押し上げた。

「あ。それともあれって、新入部員は無駄だってこと？」

「君は……」

「あー、ごめん。口出しするなって言われてたっけ」

もう黙りますぅ、と陽介は月也に背を向ける。音叉の並ぶ棚を、つまらなそうに眺め始めた。アヤとヒロは顔を見合わせると、そそくさと物理実験室を出て行った。

月也は短く息を吐き出すと、脚を組んで、舌打ちした。

「日下くんは何が目的でここに来たんですか」

「目的なんて大したもんはないよ。ただ、部活動紹介で変なことしてる部があるなって思って。ちょっと興味がわいただけ。そしたら桂さんなんだもんなぁ」

「アレが何か、分かったんですか」

「『無駄』でしょ」

陽介はひょいと、近くの実験台に腰掛けた。椅子ではない分浮いた足の先を、ふらふらと揺らす。

「部活名を英語表記なんて、キザなことしてるなって引っ掛かって。ちゃんと見てみたらなんでかS・I・Xだけ大文字だった。『6』ってなんだってなるでしょ」

「そうですね」

「かと思えばさ、自由記入欄は白紙になってた。正確には生徒会の承認印があったけど、あれは関係ないよね。あと、薄く文字を消したあとも残ってたけど。何か書いとかないと生徒会を突破できないから、鉛筆で書いといて、掲示後に消したってとこ？」

「ええ」

無駄によく見てやがる、と月也は口を曲げる。その観察力は、本当なら好ましいものではあった。けれど、日下陽介だと思うと素直に受け入れられなかった。

自分と同じように、父の役目を負わされる長兄。

生い立ちに差はあるけれど、どこか似ている境遇を見るのは、不快だった。自分の鏡写しのようで、自身の立場の再確認を押し付けられているようで、苛ついた。

「じゃあ、なんのために消したのか。簡単に言えば邪魔だったから。桂さんはそこに文字がない状態を作りたかったんだ。なんでかなって見てたらさ、折れ線に気付いたんだ。用紙のサイズじゃなくって、記入欄の枠に合わせた十字の線。それで分かった。桂さんはあの部分で、『田』を作ろうとしてたんだって」

「そうです。6と田で『ムダ』。くだらないメッセージでしょう」

「ほんと、くだらないけど。あれが入部テストだったんなら、おれって合格ってこと？」

「……………」

認めたくなかった。どうせ誰にも解かれないだろうと高をくくっていたのに、よりにもよって日下陽介に解かれるとは。

「……入る気ですか」

「桂さんがいいなら。ちょうどよさそうだし」

駄目と言えばよかったのかもしれない。けれど、解かれた以上は受け入れるしかないような、妙な諦めもあった。

「好きにしてください」

そして後に分かることになるのだ。

日下陽介は名探偵であり、その名の通り、白日の下に晒す側の存在だったと。


日向望の墓の前に座ると、月也はゆっくりと瞬いた。

山の中腹に作られた集合墓地からは、町並みを一望できる。ぐるりと緑に囲まれた田舎町は、それ全体が「家」のようでもあった。日下と桂の本家は、ちょうど東西の端に分かれていた。

(どうせ死ぬなら、雨がよかったな)

こんなに眩しい青空は自分の命日には向いていない。日の光も、そのぬくもりも、決意を鈍らせようとする。月也は大きく首を振って、死に至る成分の入った除草剤のキャップを回した。

致死量は、どれくらいだったろうか。

安全対策として嘔吐成分が含まれているから、きっと見苦しい遺体となるだろう。

(最後の飯があいつのでよかった……)

五百ミリリットルサイズのボトルを口に運ぶ——途中で手は止まった。晴れているせいだ。朝日が照らしてくるせいだ。

思い出が、浮かんでくるせいだ。

「……」

その名を呼んでしまわないように奥歯に力をこめる。傷付けて、切り捨ててきたというのに。スマホの電源も切ってしまったというのに。心のどこかが期待している。

名探偵なら。

日下陽介なら……。

「先輩！」

ああ、と月也はボトルを持つ手をおろした。

やっぱり来るのだ。土を固めただけの墓の間を縫うようにして、朝から額に汗を浮かべて、眼鏡を落としそうになりながら。

荒い息で月也の前に立った陽介は、

「馬鹿じゃないですか！」

月也の左頬に拳を叩きこんだ。除草剤のボトルが落ち、地面に染みを広げていく。口の中に血の味を感じながら、月也は短く笑った。

「遅ぇよ」

「はあ？」

「名探偵なら夜のうちに見つけ出せよ」

「身勝手な。七時前だからセーフです」

七時前がなんだというのだろうか。親指で切れた唇を拭っていると、陽介は偉そうに両手を腰に当てた。

「Rain before seven, fine before eleven.」

たどたどしくぎこちない、カタカナみたいな英語で告げた。

「先輩が教えてくれたイギリスのことわざです。七時前の雨は十一時までには晴れるだろう。今はまだ七時前ですから、先輩の心の雨は上がったはずです」

「……雨男のくせに」

「先輩専属の晴男です」

ケラケラと笑って、陽介はべっこう色の眼鏡を押し上げる。昨日の夜、あれほど鋭く傷付けたというのに。まるで何事もなかったかのように、いつもの陽介だった。

「どうして？」

「誰かさんのせいで寝付けなくなったので。ムカついたんで考えてみたんです。どうして先輩はあんなことを言い出したんだろうって」

「相変わらず、ホワイダニットなんだな」

「それが僕でしょう？」

「ああ、それが日下陽介だ」

月也は深く頷いた。加熱式タバコを取り出して、脚を組む。タバコを持たない右手をひらめかせて、どうぞ、と話の続きを促した。

「考えてみると、やっぱり妙だなって。先輩は『桂』であることを強要してくる『町』も嫌ってますよね。だったらその象徴的存在である『日下』も嫌いなはずで。それが途絶えることの方を歓迎すると思うんです。それなのに、先輩は僕に継ぐことを――『日下』の存続を勧めてきました」

「……それは、お前んちの家族が良さげだったからで」

「ええ。だから僕を帰してもいいと判断したんです。その後に起こることが分かっていたから。僕を想って、あとの居場所を確保したんでしょう。あの時僕が誘わなかったら、先輩から言い出したんじゃないですか。久々に僕の飯が食いたいとか、そういうことを言い出して。日下家の偵察に来たんだ」

「俺から言い出すつもりはなかったよ。お前から誘ってくるって分かってたからな」

「思い上がり」

「うっせぇな」

ふっと月也は陽介に向けて煙を吹きつける。陽介は口を曲げて、手をひらひらさせた。タバコの煙を散らしてから、腹立たしそうに腕を組んだ。

「じゃあ、何が起こることが分かっていたのか。正確には、先輩は何をするつもりだったのか、ですね。それはあまりにも簡単です。先輩、本気で死ぬつもりだったでしょう」

「……………」

「神社での言動がもう奇妙でしたしね。遺言って認めたり。あれは嘘じゃなかったんだ。桂月也が死ぬことで僕が迷わないように、その後の道を示しやがったんです。ったく、身勝手も甚だしい」

ふん、と陽介は鼻を鳴らした。墓石の前の段差に座ったまま見上げる月也は、ふと、おかしな気持ちに襲われる。

どうしてこんなにも自分は、いつも通りでいられるのだろうか、と。

清美の前では足場を失い、殺意すらあやふやになってしまったというのに。自分を赦す気もなかったというのに。今はもう、こんなにも落ち着いて、軽口すら叩ける。

（これが、日下陽介の「場」か……）

ああ、と心の中で嘆息する。まったく敵わない。とんでもない名探偵だ。

「ムカつくのは、そこまで思い至ったところで寝落ちしちゃったことですけどね！」

「なんだよそれ。そこはやっぱ、夜の町を走り回るとこじゃねぇのかよ」

「へぇ、そんなに捜してもらいたかったんですか？　僕なんて、消えた方が清々するんじゃなかったかなぁ？」

「……悪かったよ」

「どうせなら、感謝の言葉を聞きたいですけどねぇ。まあ、考えなかったわけじゃないですよ。でも、顔を合わせるのはちゃんと分かってからにしたかったんです。それに、間に合うっていうか、待っていてくれるような気がしたから」

「自意識過剰」

「そうですよ。現にこうして、生きて会ってるじゃないですか」

「……」

「僕は、そういう先輩だって信じたんです。それでも早く会いたかったから、朝ごはんの準備を始めて考えたんですけど」

ん、と月也は眉を寄せた。

「なんで朝飯になるんだよ」

「だって、調理場は僕のテリトリーですから。その方がいい考えが浮かぶんです」

そういえば、と月也は思い出した。

梅雨のあの日、完全犯罪を実行しようとした時。結局阻止されたあの時も、陽介は料理の話をしていた。見抜かれたきっかけは飴色玉ねぎだったくらいだ。

「何が先輩を自殺に駆り立てたのか……ホウレン草の白和えを作っている時に思い付きました。桂議員からの手紙が関係しているんじゃないかって」

「ペーパークロマトグラフィーにしたやつか」

「はい。あそこまでして伝えたかったことは何か。実は、父にちょっとだけ探りを入れたんです。残念ながら父にも思い当たることはなかったみたいですが、思い返せば奇妙なことを言っていました」

――清美さんば体調崩してらって話だども。詳しいことは知らねぇじゃ。臥せってらへるわりには、正之もへらへらしてらって……。

「妻が臥せているのに、へらへら笑っていられるっておかしいですよね」

「まあ、あいつは愛妻家ってわけじゃねぇけど。婿養子だからな。本家筋の妻に何かあると面倒ではあるだろうな。戸籍上は俺の方が直系になるから、何も知らねぇ分家的には俺を上位に考えるだろうし」

とうに戸籍法は改正され、家督相続による戸主の変更も、隠居も、本家分家の考え方も消滅してはいる。それでも、システムは風習として残り続けている。そういう時代を知る人々が生き続けている、それが高齢化過疎地域でもあるからだ。

「月也先輩の方が偉いなんて、桂議員的には面白くないですよね。とても笑っていられる状況じゃありません。ということは、何かおめでたいことで臥せている。このことについても先輩は口を滑らせましたよね」

「………」

「『お兄ちゃん』なんて急に気にして。隠し子じゃないって否定しました。となれば、清美さんが身籠ったってことになります。晩婚化の今は珍しくありませんが、四十後半の高齢初産は危険が伴いますから。大事を取って臥せているのでしょう」

「エレガントな理論だ、名探偵」

「僕は名探偵じゃありませんが……先輩。きつかったですよね。つらかったですよね。それなのに僕のことまで背負ってくれて……」

陽介は言葉を詰まらせる。深く呼吸をする目は、瞬きの回数が増えていた。ああ、と月也はまつ毛を伏せる。

他人の――自分のために泣いてくれる人だった。

だから、守りたかったのだろう。だから……。

「陽介には生きていてほしかったからな」

梅雨のあの日。死を決めた月也を止めるために、陽介は自身の命を投げ出そうとした。帰ってこないのなら、死んでも構わないと。二人でなければ意味がない、と。

そんな奴が、自分の死後、大人しくしているだろうか？　万が一、後を追うようなことになったら……最悪の事態は回避しなければならなかった。

(俺も自意識過剰だな)

だとしても。

日下陽介は生きなければならない。桂月也などに囚われないで。そのために巡らせた策も、白日の下には勝てなかった。

「先輩にだって、生きていてほしいですよ」

眼鏡についた一粒の水滴を拭うと、陽介はにっこりと笑う。まっすぐに向けられる笑顔と、差し出された手を交互に見やってから、月也はわざとそっぽを向いた。

「先輩?」

「お前はさ、俺の死にたがり阻止して満足してるかもしれねぇけど。そっちはどうなんだよ。埋もれたがりらしく、日下ん中に埋もれちまってんじゃねぇの?」

「……………」

「お前だって充分おかしいんだよ。葬式終わっても全然帰ってこねぇし。祭りとか参加する気満々だし。挙句、日下の長男を演じるくらいのことはするなんて言い出す始末だ。なんか戻れない事情が……」

言いかけて、月也は眉を寄せた。

スマホ越しでは気付かなかった。テキストと声だけの短いやり取りしかできず、それ以外の情報が欠落していた。いや、「何か隠している」ことまでは分かったのだ。それが何かを暴くには、情報が不足していた。

手持ちのカードだけで組んだロジックでは、実家の「場」によって、日下を継ぐ気になった可能性が高いように思えた。それを直接的に問うことはできず、「戻らないの?」と曖昧に濁してしまったのは、月也が臆病だったからだ。

肯定されて、あのボロアパートに一人きりになることに、怯えてしまった。

一緒に生きよう。その言葉が嘘になる可能性を、確かめることができなかった。

(つくづく俺は理科なんだよなぁ)

理科は、物理は、観測されたデータによって論理を組み立てる。情報の量と精度によって正確さも、真実味も変わってくる。

そこに飛躍はない。

物語のような創造性で論理をつなぎ、発展させ、新発見に辿り着けるのは一部の天才だけだ。ニュートンのように。アインシュタインのように。発想の転換を、自分の中だけで行えてしまえる人たちだけだ。

「俺が『理系探偵』でいられるのは、陽介がいるからだって分かってる？」

「え？」

「陽介がそばにいねぇと思考力が落ちるんだよ。うまく言えねぇのが腹立つけど、お前がいる状態に慣れちまったから、それが初期値っつーか……だから、すぐには気付けなかった。お前、退学させられそうになってたんだな」

「……今頃分かったんですか」

「七時前ならセーフなんだろ」

にやり、と笑って月也は加熱式タバコを口に運ぶ。体内に深く煙を行き渡らせて、ゆっくりと吐き出した。

「葬式の時か。変なメッセージ送ってきてたもんな」

あの時、月也は誤謬《ごびゅう》を犯したのだ。

町で稼ぐ方法について問われたのを、そのままの意味で受け取ってしまった。その言葉に至る裏を、物語を、想像することができなかった。

陽介のように、どうして、と考えていればもっと早く気付けていただろうに。

「金が要りようってことは、学費を拒絶された。それだけなら、自力で稼ぐって方法がある。感染症がネックではあるけど、バイトしながら通うくらいできるだろ。いや、感染症のおかげで支払い猶予とかやってるからな、むしろ余裕はあったかもしれない。それにもかかわらず、あんな文面になったってことは……」

「はい。町内で調達するのが条件です。卒業までの学費、百三十三万九千五百円」

「ふぅん……」

「借金は禁止されましたし。期限は今月いっぱい。手っ取り早い方法は、どうしても足がつくんですよね。僕が犯人であることが分かってしまいます」

振り込め詐欺にしても、直接現金を受け取るにしても、日下陽介を指定しなければならない。そこをうまく誤魔化せたとしても、町内に限られている以上、金の流れから気付かれてしまう。

誰かの家で金銭が失われた直後、陽介が同じだけの金額を手にすることになるのだ。怪しまれない方がおかしい。

「でも。正攻法は難しいんですよね」

「まあ、本気でこの町で事業をって考えてたんならな。仮にグローバルなことができたとしても、ひと月で百三十万は厳しいだろ」

ひゅうっと煙を吐き出して、月也は脚を組み直した。鋭く目を細め、高くなり始めた空を睨む。カチリ、と自分の成すべきことが分かった気がした。

「要はお前が、学費相当の金を手にできればいいんだろ。罪に問われない方法で」

「……できますか？」

「当然。俺を誰だと思ってるわけ？」

何気なく口にして、月也はハッとした。

――ぼくは、誰ですか？

清美に掛けた問い。同じものが形を変えて、意味も変えて、また問われている。俺は誰なのか。不遜と自信をもって尋ねられた陽介は、呆れたように肩をすくめた。

「先輩は先輩です。完全犯罪を目指す死にたがり、桂月也です」

「だよな！」

声を弾ませ、今度は月也から手を伸ばした。一度拒絶されている陽介は、不服そうに口を尖らせる。けれど、すぐに笑って、強く握りしめてくる。

引かれるままに立ち上がり、二人で町を見おろした。

「俺たちの完全犯罪を考えよう」

＊ルナエクリプス［lunar eclipse］月食

第8話　ソーラーエクリプス

九月五日、十八時。

電信柱には大きな竹が結び付けられている。そこに飾られたいくつもの提灯が、夜の町並みをいつもの日常とは変えていた。屋台がないことと、歩行者の誰もがマスクをしているという状況が、新型感染症という別の非日常を強調していた。

「……なんで珠々菜がついてくんだよ」

神楽の準備のために早めに家を出た陽介は、並んで歩く妹に眉を寄せる。キヨの家に身を寄せている月也とは、現地集合の約束をしてあった。

珠々菜は前髪をいじりながら、ふふふ、とマスクの中で笑った。

「せっかくだから写真撮りたくって。神楽のあとじゃ衣装乱れちゃうじゃん。着替え直後に激写しちゃうんだから！」

「兄の写真なんて嬉しいもん？」

「は？　そんなの無価値に決まってるでしょ」

一瞬で、珠々菜の眼鏡の奥の瞳が凍る。無価値って、と陽介は口をへの字に曲げた。そこまで言わなくてもいいじゃないか、とマスクの下でもごもご愚痴る。

「まー本当は、わたしもコスプレ写真とか、ちょっとしか興味ないんだけどぉ？」

「コスプレじゃないし。喋り方が胡散臭いし。興味ないならなんで来るんだよ。受験勉強してた方がいいんじゃないの？　せっかく月也さんがコツ教えてくれたんだし」

「その月也さんの写真が欲しいんですー」

「え……」

まさか、と陽介は兄として複雑な心境になる。

「どうしよう。お兄ちゃんとして、やっぱり妹は応援した方が――ッ」

言葉が飛ぶ。陽介は珠々菜に殴り付けられた右脇腹をさすった。妹は、一度凍らせた瞳をさらに冷ややかに細め舌打ちする。

「そーいうんじゃないし、クラスメイトのお姉ちゃんに頼まれただけだから。あれ、その人も誰かに頼まれたんだったかな？　二人の神楽衣装の写真が欲しいって。きっと、今回を逃すと二度と撮れないからって。せっかくだし、わたしも便乗しとこうかなって。お兄ちゃんは無価値だけど」

「だから無価値って……珠々菜なんかに頼まないで、自分で撮りに来ればいいのにね」

「恥ずかしいんじゃない？　舞台裏ってなかなか入って行きにくいし」

それで、月也の相方の身内である珠々菜に白羽の矢が立ったというわけだ。陽介は「ふぅん」と曖昧な相槌を返して、揺れる提灯を見上げる。妹は、珠々菜は何も知らない。月也と考えた「完全犯罪」の駒として使われているなどと、想像できるはずもない。

ほんのわずか覚えた罪悪感を吐き出すように、陽介はため息をこぼした。

「本当に。誰が写真なんて欲しいんだろうねぇ」

「ねぇ……でも。欲しがる気持ちは分かるかな。お兄ちゃんはどうでもいいけど、月也さんって変な魅力があるよね。庇護欲をそそられるっていうの？　なんか危うい感じ。夏場なのに長袖とか何か隠してそうだし」

珠々菜は自傷行為でも想像したのかもしれない。となりを歩きながら陽介は苦笑した。

確かに月也は死に囚われた性格をしているけれど、無闇に自分を傷付けたりはしない。

（あの長袖は……）

古ぼけたライトが照らす三野辺神社の看板の向こう。石階段前の鳥居を見つめて、陽介はそっと額を押さえた。

たぶん、洗濯物をサボった結果だ。半袖がなくなってしまったから、仕方なく引っ張り出してきたのだろう。

（さすがにゴミは出してるだろうけど）

虫がわいたら困るから。脇腹の傷にウジ虫の呪いを掛けられている月也は、とにかく虫を嫌っている。ベランダでの家庭菜園を許さないくらいだから、ゴミも許せないだろう。

「わー、結構人集まってるね」

珠々菜の声に、陽介は額を押さえていた手をおろした。鳥居の手前、「検温所」と達筆が綴る半紙を貼り付けた提灯の下で、人の流れが滞っている。それがあまりにも「今」らしかった。

「おばんですぅ」

町の名前が入った法被《はっぴ》を着た役場の職員は、マスクにくぐもらせつつもにこやかに声を掛け、たどたどしく非接触型の体温計を向けていた。異常がないと判断された人には、安っぽいケミカルライトのブレスレットが渡されている。陰性証明書の代わりのようだ。そのあとには、アルコールによる手指の消毒を求めていた。

「陽介くん！　お世話サなってらねぇ」

「あ、はい」

愛想笑いで陽介は検温を終わらせる。神楽の時には外していいと伝えられながら、蛍光色のブレスレットを渡された。珠々菜も検温所を突破して、ブレスレットがお祭りらしいとはしゃいでいる。自分の手首のケミカルライトに目を落とし、陽介は微かに笑った。

「お祭りねぇ……」

それこそ祭りらしく、等間隔に提灯が飾られた石の階段を上る。

月也はすでに来ていて、マスクもせず社務所の壁に寄り掛かっていた。手首にケミカルライトを光らせて、加熱式タバコをふかしている。そばの窓辺には黒猫がすました顔で座っていた。足元では白猫が香箱座りで控えていた。

「……」

提灯が揺らめく煙を照らしていた。色の白い月也の横顔を浮かび上がらせていた。陽介が「絵になる」の意味が分かった気がしていると、珠々菜のスマホがシャッター音を立てた。それが、月也の視線をこちらに向けるきっかけとなった。

「盗撮は感心しませんよ」

「あ、ごめんなさいっ」

珠々菜はうつむいてスマホをサコッシュに仕舞う。月也はくすくす笑うと加熱式タバコをオフにし、まっすぐに陽介を向いた。

ぼんやりとした、提灯のオレンジ色の中、目を合わせて陽介は頷く。

――成し遂げましょう。

――俺たちの完全犯罪を。

「着替えはいつもの通り、社務所の奥を使うそうです」

「じゃあ、珠々菜はふすまの前で待ってて。絶対、覗いたりするなよ」

「するか！」

顔を赤くする珠々菜をからかって、陽介はふすまを閉める。綺麗に掃き清められた八畳間には、神楽のための衣装が準備されてあった。薄い浅葱色の袴に、白い衣、足袋。空の神楽は激しく動くため、頭の被り物は使用しない。

最も目を引くのは、衣紋《えもん》掛けに掛けられた、二枚の格衣《かくえ》だ。

日下に用意されるのは、鴨の羽色。

桂に用意されるのは、勿忘草《わすれなぐさ》色。

脇を縫うことで羽織のように着ることができるようになった神職の装束。最後に袖を通す格衣はそのままにして、まずは白衣《びゃくえ》に着替える。

「……先輩。合わせが逆です」

「え？　白衣《はくい》なら着慣れてるんだけどなぁ」

「そうですね」

袴の浅葱色の紐を締めながら、陽介はくすくすと笑った。漢字は同じなのに、読みが違うだけでまったく違うものになっていることが、妙におかしかった。

「そういえば。空の神楽って宇宙の誕生っぽい意味合いだったんですね」

「ああ。サイクリック宇宙論な」

「宇宙論ってビッグバンだけじゃないんですか」

「明確な答えが見つかっていない以上、あらゆる可能性を考えることができるのが、科学の面白さなんだよ。それが実験や観測によって絞り込まれていく。最初からコレと決めてかかるのは視野狭窄《きょうさく》だ。情報によってこれまでの理論を捨て、新しい可能性を見出していくのは、ベイズ確率的とも言えるかもしれねぇ」

足袋を履き終えると、月也は勿忘草色の格衣に手を伸ばした。名前の通り花のような浅い青色をした衣は、色の白い月也のためにあつらえたようだ。これで最後となるのは、少し惜しいように思えた。

「さて。サイクリック宇宙論ってのは、名前から連想できると思うけど、宇宙は膨張と収縮を繰り返していると考える宇宙論なんだよ」

　適当に相槌を打ちながら、陽介も鴨の羽色の格衣に腕を通す。鴨の羽に見つかる強い緑みを帯びた青は、どこか大地のような印象も秘めていた。

「今ある宇宙が初期の状態へと戻される。それが時間の逆回し的に起こるのかは分からねぇけど、この世界を構成しているあらゆる物質はバラバラになって、境界も何もかも関係なくなって、いずれまっさらな『場』の空間になるんだろう」

「そこからもう一度、宇宙が始まるんですね」

「ああ。同じ宇宙かもしれねぇし、場の数値の違う新しい宇宙かもしれない」

「いずれにせよ、まっさらな状態から繋ぎ合わされる……」

　格衣の紐を胸元で結ぶ。独特の結び目にしないと、動いているうちにほどけてしまうので気を付けなければならない。

「あー……陽介？」

「はいはい」

　昔と変わらず、月也は結ぶことができないようだ。本当に世話が焼けると、陽介はため息をついた。きつく結んで、前髪に隠れがちな暗い目元を見上げた。

　瞬きで意思を伝える。始めます、と。

「この程度もできないなんて、月也さんってダサいよね」

「どういう意味ですか」

「桂の御曹司だからって調子乗ってんだろうなぁって。自分じゃ何もしないで、まわりこき使ってさ。殿様気分ってやつ？」

「ふざけないでください！」

「昔から思ってたんだよ！」

わざと声を張り上げ、陽介は襟元につかみかかる。眼鏡越しに睨み付けた。

「人の心を弄ぶ最低な奴だって。どうせ自分以外、モルモットだとでも思ってんだろ！」

「言いがかりです！　ぼくは——」

「じゃあなんで、あの時彼女にあんなこと言ったんだよ！」

「お兄ちゃんっ？」

ふすまが開き珠々菜が飛び込んでくる。陽介は舌打ちすると、月也から手を離した。月也はきつく眉を寄せ、乱れた襟元を整える。

「えっと……？」

戸惑いを隠さずに、珠々菜は視線をさまよわせた。そんな彼女に、月也は苦みと恥ずかしさの混ざった笑みを向ける。

「すみません。お見苦しいところをお見せして」

「あ、でも。お兄ちゃん？」

陽介は、ふん、と鼻を鳴らして珠々菜と月也に背を向けた。廊下の向こうに透ける提灯のオレンジに目をすがめる。

「珠々菜。そんな奴の写真なんてやめとけよ。そいつは……ああ、そういうことだったんだ。だから、あの時」

本当は何も意味を持たない、珠々菜を目撃者にするためだけの「意味ありげ」な言葉を残し、陽介は先に社務所を出る。衣装の一つである黒漆塗りの木の沓《くつ》が、石畳の上でカラコロと音を立てた。

鳥居の前で一度止まり、一礼する。ソーシャル・ディスタンスも怪しく集まる人々の中には、マスクの前にスマホを構えている人の姿もあった。首都圏ほど顕著ではないところが、高齢化過疎地域らしいかもしれない。地元テレビ局のクルーもいる。警察や消防の姿もある。その誰の手首にも、ケミカルライトが光っていた。

（本当、衆人環視だよなぁ）

この中で、完全犯罪を成し遂げることができるのか……。

不安を呑み込んで、陽介はカラコロと白木の舞台を目指した。四隅にかがり火の焚かれた舞台は、周囲に灯る提灯と相まって、いっそう幻想的だった。

舞台奥、拝殿側に錫杖と剣が据えられていた。

マスクを外してしまった陽介は、一足先に舞台に上がる。真新しい足袋で床面を踏みしめて、剣と錫杖を載せる木の台の前に立った。

拝殿に向けて、二礼二拍手一礼する。フラッシュの白い光が、場違いに思えた。

遅れてきた月也も、陽介のとなりで二礼二拍手一礼を行う。その手が剣をつかむのと同じタイミングで、陽介も錫杖を手にした。

シャラン……微かな音を鳴らし、舞台中央で背筋を伸ばす。背中で月也の気配を捉え、陽介は目を閉じた。

開始時刻、十九時。

けれど、時計などなかった時代から続く空の神楽は、この瞬間、すべての始まりを「日下」へと委ねる。ご先祖様の中には五分以上動かなかった人もいるらしい。

タイミングは、自然と訪れるからだ。それは、風であったり、鳥の声であったり、ふっと分かるものだった。

(先輩には、非科学的に思えるだろうけど……)

合図は「神」が与えてくれる。

――遠雷が、聞こえた。

(今だ)

陽介は目を開き、半円を描く足の動きに合わせて錫杖を水平に振る。シャラン。背中に月也の動く気配がある。向き合った時、剣と錫杖は真正面で交差する。

シャラン……響くのは、輪が奏でる音ばかり。

境内は静まり返る。

(懐かしいな)

初めて舞った日は、こんなに静かには舞えなかった。三日月の剣と錫杖は激しくぶつかり、金属質の音を響かせた。

何日目からだったろうか。ぶつかる「間」に気付いた。

それは月也も同じらしかった。

(懐かしいのになぁ)

シャラン……錫杖を振り下ろせば、月也は腰を低くして受け止める。当たるか当たらないかのギリギリの間で。完全に動きが止まる前に、右回りに陽介の足を払いにかかる。跳んでかわせば、月也は着地点を見切っていた。

連続して、右、左、と月也は剣を振るってくる。

本来の舞にはない動きだ。重い錫杖では捌ききれない。陽介は次第に舞台の端に追い込まれる。観客が異常に気付き、ざわめきが広がっていく。

「月也さ――ッ」

柵などない舞台から落ちる瞬間。月也の剣が右肩を襲った。驚きに錫杖が飛び、かがり火を倒す。舞い上がった火の粉が提灯を燃やし、炎が広がる。

「全部君が悪いんだ!」

月也の声が高く響く。悲鳴が上がる。観客が逃げ惑う中、月也は舞台に立ち尽くしていた。揺らめく炎を受ける横顔に、ゆらゆらと不安定な影を作って。

――遠雷が轟く。

一足早く降り始めた雨が、炎と月也を濡らしていく……。

消防団として消火活動にあたった父ではなく、宮司によって陽介は病院に運ばれた。神社からでは車で一分とかからない町医者、宮木《みやぎ》病院に。

「すみません。あとは一人で大丈夫なので……」

シャツに着替えた右肩を押さえながら、陽介は宮司に一礼する。心配そうな眼差しの彼は、それでも神社を放っておくこともできないのだろう。すまなそうに戻っていった。

宮司の白い軽自動車が見えなくなると、陽介は肩から手を離す。深く息を吐き出して、診療科目を記す看板を睨んだ。

『整形外科・産科・婦人科・内科・小児科』

ゆりかごから墓場まで、一生面倒を見てくれそうなラインナップだ。繁盛していてもよさそうなものの、L字をした建物は、陽介が小学生の頃から変わらない外見をしている。町立病院に患者を取られているのかもしれなかった。

夜間に対応できる当直も置かれてはいない。町に根差した医者として、連絡があれば時間外でも、医院長自らが診察してくれるといった具合だ。だから今、ロビーに明かりが灯っているのは、宮司が連絡を入れた結果だった。

（まさか僕が「共犯者」になるなんてなぁ）

ずっと、完全犯罪を否定してきたというのに。それが、アイデンティティでもあったのに。苦笑しながら、陽介は「時間外の方へ」と記されたインターホンを押す。わずかなタイムラグののち、抑揚のない声が応えた。

『どちら様でしょう?』

「日下です。宮司さんから連絡があったと思うけど。ちょっと怪我しちゃって」

『ロビー左、整形外科診察室へどうぞ』

ぷつり、とインターホンの接続が切れる。陽介はガラスの扉を押して中に入った。

(夜の病院って……)

導くような室内灯に従って、陽介は整形外科診察室のドアをスライドさせる。いっそう真っ白になった室内に、六十になるかならないかの、白髪の女医が待っていた。

宮木櫻子《さくらこ》医院長。

日向望を担当し、月也を取り上げ、死亡診断書を作成した、二十一年前のあの医者だ。

宮木院長は陽介を認めると、悩まし気な表情で腕を組んだ。

「三野辺さんは随分と慌てていたけれど。どこも問題があるようには見えませんね」

「ううん、問題ならあるよ。二十一年前に」

どういうことでしょう、と宮木院長はマスクの上の目をすがめる。陽介はジーンズのポケットからスマホを取り出すと、患者用の丸椅子に腰を下ろした。

「二十一年前。桂月也と日向望に関することって言えばピンと来る?」

「いえ、まったく分かりません。それよりも、怪我の方が問題です。外傷はなさそうですが、どこか痛むところはありますか?」

「心かなぁ」

「ふざけないでください。正しく答えてもらわないと、専門医を紹介するかどうかの判断もできません」

「えー、おれは正直者なんだけどな。二十一年前のことを想うと、すっごく心が痛むんだけど。宮木先生はどう？　私文書偽造したことについて何も思わないのかな」

「分からないことについて、何かを思うことはできません」

「まあねぇ。とっくに時効だから刑事罰は問えないもんね。けど、その罪があったことを医師会やマスコミが知ったら、みんなどう思うんだろうなぁ」

「いい加減にしてください、陽介くん。怪我をしていないのなら、ここにいても仕方がないでしょう。どうぞ、お帰りください。冗談に付き合っているほど、私も暇ではありませんから」

「DNA鑑定をしたんだって言ったら？」

「……………」

宮木院長は、マスクで分かりにくかったけれど、確かに頬をひきつらせた。それでもまっすぐに陽介を見返す瞳の中、警戒心の強さを感じ取って、陽介はゆっくりと斜めに視線を落とした。

「月也さんと日向夫妻の……血縁関係が認められたんだ。おかしいよね、月也さんは桂の第一子、本家の長男のはずなのにさ」

「まあ、おれ達はそういうことを知っているって上で、お願いがあるんだけどさ」

「……なんでしょう」

「あ、それって、二十一年前の偽造を認めたってことでいいよね？」

　日向望の子どもが死産であったという証明と、桂清美に第一子が誕生したという出生証明書。その二枚がないことには、月也をまっさらな桂家長男として戸籍に記すことはできなかった。

「桂月也の件で私文書偽造したんだよね、宮木櫻子医院長？」

　念を押すと、宮木院長は吐き捨てるように「ええ」と呟いた。陽介は満足して頷き、握りしめていたスマホをポケットに戻した。

「それでさ、おれのお願いなんだけど」

「……脅迫ですね」

「別にお金はいらないんだ。それは別のところで調達するから。おれが欲しいのは、右肩を怪我したって診断書。先生じゃなきゃ治療できない、厄介な怪我の仕方なんだよね。この通り、見て分かると思うけど」

「どういう状況だったのでしょう」

　宮木院長は覚悟したのか、諦めたのか、淡々とした口調で診断書の様式を取り出した。病院もデジタル化が進む中、彼女は手書きのままらしい。

「……………」

あるいは、それは証拠を残さないためだったのかもしれない。履歴が自動で残ってしまうデジタルデータを使わなければ、紙切れ一枚だけの問題だ。

「神楽で使われる剣は分かる？」

「ええ」

「それで右肩を殴られたって感じ。上から切りつけるみたいに」

「全治一～二週間の打撲でしょう。骨に異常はありませんから、湿布を貼って安静にしていてください」

さらさらと、宮木院長は医者独特の読めない文字を書き込んでいく。一度席を立った彼女の手には、ご丁寧に湿布薬があった。

「こんなもので何をしようというのですか」

「知ったら、また、宮木先生も巻き込まれることになっちゃうよ。日下陽介は本当に怪我をした。それでいいじゃん」

「……………」

「大丈夫。二十一年前のことは、おれは黙ってるから。だってもう、おれ達は共犯なんだから。宮木先生も老後は静かに過ごしたいでしょう？」

診断書と湿布を左手に、陽介は右手の人差し指を口元に立てる。秘密。内緒。互いに探りを入れたりはしない。宮木櫻子がどうして罪を犯すのか、それは陽介には関係のないことなのだ。

（あとは「桂」からの連絡を待つだけか）

病院を出た陽介は、再びスマホを手にする。十九時四十七分。総裁選を控えた桂議員なら、早急に対応することを選ぶはずだ。計画通りであれば、今日中に片が付く。

祭りの場で「息子」が悪意を持って怪我を負わせた――

月也と陽介が言い争う姿は、日下珠々菜によって目撃されている。そのために、写真の件を仕組んだのだ。彼女を現場に居合わせ「目撃者」という駒にするために。

珠々菜に写真を頼んだ人物もまた、別の誰かに頼まれたに過ぎない。誰かの誰かを辿って行きつく始まりの人物は、月也自身だ。地元に残る同級生何人かに、神楽の写真を撮りたくなるような話題をそれとなくふっていた。

人選は、珠々菜に撮影依頼がいくように逆算して行われた。本当は、目撃者役は誰でもよかったのかもしれない。けれど、騒動後、目撃者には月也――桂に不利になる発言をしてもらわなければ困る。一方で、ことが落ち着いた後には黙してもらう必要もあった。そこまで考慮すると、被害者の身内という立場は都合がよかった。陽介が許した件をほじくり返すような妹でもない、というのもポイントが高かった。

そんな「月也の計画」に踊らされているとも知らない珠々菜は、今頃、警察に熱く語っていることだろう。兄と月也の不穏な様子を、事情聴取という非日常に興奮して。桂だろうと忖度しない世代らしく、はっきりと、シナリオ通りに。

事故ではなく「事件」だ、と。

神楽の最中に月也が見せた攻撃的な姿、陽介のせいだという発言は、スマホ世代によって映像に残されている。SNSや動画サイトにアップしている人もいるはずだ。拡散スピードはどれほどのものか予測できない。削除依頼の速度が重要になるだろう。

生放送の時間帯ではなかったけれど、地元のテレビ局だって取材に来ていた。事件として報道され、桂に傷が付く前に手を打つためには、やはり解決への速度が求められる。

解決――被害者との示談。

陽介が示談金として受け取る予定金額は、百五十万円。百三十三万九千五百円では具体的過ぎて、逆に意図を疑われてしまう。だからと闇雲に高い金額を設定しては、桂議員も渋るだろう。熱帯魚の水槽に隠されている不自然な現金の額も考慮して、断る方が不利となりそうな金額を月也が設定した。

これで、町内という限られた範囲において、学費相当額を調達するという条件は達成される。父は借金を禁じたけれど、陽介が働くことを条件とはしていなかった。不運な偶然により手に入った金に文句をつけることはできない。

（結局「桂」に損害を与える計画ってところが、月也先輩なんだよなぁ）

くすくすと笑った陽介は、遠雷の名残を感じる夜空を見上げる。

「僕らの『完全犯罪』がうまくいきますように！」

けぶるような雨を受け、揺れる竹の提灯は、いっそう幻想的に輝いていた。

桂の代理を名乗る弁護士から電話連絡があったのは、二十二時七分。

事情聴取の興奮を珠々菜が語り終わり、父から神社の被害は最小限で済んだという話を聞き終えたタイミングだった。

「夜分遅くにすみません」

日下の家を訪れた弁護士は、遅いというわりにはパリっとしたスーツを着ていた。彼の低い声は、少しも悪びれていなかった。代理人だけあって、桂議員の姿はなかった。

父の同席を拒んだのは弁護士の方だった。成年だから、と。その方が陽介を思い通りにできると考えていたのだろう。父に関わってほしくないのは同じだったから、陽介は弁護士と二人きりで話すことを選び、奥の間で向き合った。

「本当に怪我をされたのでしょうか」

金額欄が空白の示談書を取り出しながら、まずは疑ってくる。それは月也の想定通りだったから、陽介は笑いそうになるのを堪えて診断書を突き付けてやった。

証拠があれば、弁護士は黙る。

「示談額ですが――」

「慰謝料、口止め料込みで、百五十万でいいです」

「百五十は高くないでしょうか」

「そう？　総裁選を考慮すれば良心的な金額だと思うんだけど。それに、『熱帯魚の水槽』のことを考えたら、百五十万くらい痛くないと思うんだけどなぁ、おれは」

陽介は意味ありげに微笑む。眉間のしわが深い弁護士はスマホを取り出すと、一度部屋から出て行った。桂議員と相談でもするのだろう。

「分かりました」

スムーズに話は終わったらしく、早々と戻ってきた弁護士はしかめ面で頷いた。

機械のように淡々と金額欄を埋めた。計画通りの百五十万円。きちんと銀行を通し、月末までに振り込むことが書面によって約束された。熱帯魚の水槽——後ろ暗い金などないというわけだ。

（本当、先輩のシナリオ通りだなぁ）

面白がって示談書にサインする時。陽介は不意に、奇妙なざわつきに襲われた。

弁護士が成年と称したように、法定代理人親権者を必要としない。二十歳だ。もう「大人」だった。まだ学生で、社会を知らなくとも、もう大人だったのだ。

——子どもと大人。

そこにも、境界線はないと知った。

未明。

瞼の裏に、オレンジ色の提灯が揺らめいている……。

疲労による眠気と、興奮による覚醒がないまぜになった夜は、ふわふわとしたまま朝へと向かっている。ベッドの上で何度も寝返りを繰り返していた陽介は、ふと枕元のスマホをつかんだ。

動画フォルダーを開く。

宮木院長の自供は、はっきり言ってうまく撮れてはいなかった。カメラに指がかかっていて、三分の一ほど隠れてしまっている。角度も安定せず、院長の顔が映ったり消えたりする。

それでも。二十一年前の私文書偽造を認める声は、はっきりと収められていた。

（なんでこんなの撮ったんだろ……）

月也からの指示はなかった。病院で、院長と対峙した瞬間に思い付いたものだった。もし自供を引き出せれば。証拠として残すことができれば、何かの役に立つこともあるかもしれない。

そんな想像をするくらいには、陽介も月也に感化されていたということだ。

（先輩、どうしてるかな）

警察からは解放されただろうから、キヨの家で寝ているだろうか。うまく眠れているだろうか。桂議員に何かされてはいないだろうか。清美に、何かされていないだろうか。

――先輩。

夢と現の狭間で呼びかけると、スマホがふわっと光った。四時半を告げる時計のあと、トークアプリにメッセージが届いたと表示される。


【学校】

月也の言葉は一方的だ。身勝手だ。

時間も考えず、起きていると思われている。小中高とあるどの学校か指定しなくても、判断できると思われている。呼び出しの言葉がなくても、来るだろうと思われている。

たった二文字で伝わると、傲慢にも信用されている。

【思い上がり】

同じように一言だけ返して、陽介はベッドを下りた。ズボンだけを履き替えて玄関を出る。九月の早朝は随分と気温が下がっていた。

昨日の雨の名残が、空気を湿らせていた。それを清々しいと感じるくらいに、もう、夏の気配はなかった。

「先輩」

高校の正門前に月也の姿はあった。どことなくデザインが変わったような気がするけれど、相変わらず黒の長袖シャツだ。そのせいで、日の出前の暗闇にすっかり溶け込んでいた。ひら、と振られた手の白さが際立っていた。

「よう」

「おはようございます。どうでした、留置所は」

「あー、残念ながら入れなかった。取調室にいるうちに弁護士来やがって。あっさり釈放されたっていうか、事件そのものがなかったことになってたな」

「ローカルニュースも、僕の転落事故扱いでしたね。示談よりも先でしたから、強引に、揉み消しの方を優先したんでしょう」

「まあ、ネットはそうもいかねぇみたいだけどな」

そうですね、と陽介は頷く。いちいち拡散状況を追いかけてはいないけれど、事故と事件、両方の意見がコメントされていた。かがり火と提灯だけでは薄暗く、はっきりと顔の分かる動画がなかったのは幸いかもしれない。

「でも、思った以上には盛り上がってないですね。動画を確認するまでは、正直どこまで炎上するか不安だったんですが……」

「ああ。俺が何件か消したからってのもあるかもしれねぇけど。単純に地味だからな。お前が悪いって音声が入っちゃいるけど、火の手にビビっただけって感じもするし」

「まさか、あの言葉選びも計算だったんですか？」

「そりゃあねぇ。印象的なようで印象に残らねぇもん目指したからな」

クックッと月也は肩を震わせて笑った。

地方の、田舎町の、事故か事件かも曖昧な出来事。

動画から感じられるインパクトは薄く、興奮を掻き立てるようなセンセーショナルさもない。あの程度では、早い段階で興味を向けられなくなるだろう。

SNS時代は、次から次へとネタが提供される。

地味な動画一つに、いつまでもかかずらわってはいられないのだ。

「さすが、桂月也ですね」

「どういたしまして。これで無事、学費確保に成功したわけですけど。示談金詐欺はお気に召していただけましたか？」

「秘密」

からかうように笑って、陽介は正門を抜ける。

この門が閉まっているところは見たことがなかった。黒い門扉は設置されているから、あえて開けてあるのだ。もしかしたら、災害を想定して、校庭までは解放してあるのかもしれない。セキュリティ対策は建物内だけに限られていた。

「懐かしいですね〈夢にはばたく像〉」

二階の職員室と顔の高さが同じ像を陽介は見上げる。となりを歩きながら「ああ」と頷いた月也は、なんとも言えず寂しげだった。

時を超え交差した、母と息子の思い出が漂うからだろう。

だから、あえて足を止めることはしなかった。

「……………」

校庭まで来ると言葉すらも失った。

ひらけた空一面に星がきらめいている。二人のボロアパート、あのベランダからは決して見ることのできない。今にも降ってきそうなほどの星の量だ。

圧倒的だった。

あまりにも、美しかった。

「星の瞬きってさ」

月也はまるで誘われるように、空へと右の手のひらを伸ばした。

「大気の揺らぎなんだ。だから宇宙からは見えない。地上の、俺たちだけの特権なんだ」

「へぇ」

「星を星として瞬時に分かるのは、光の粒子性によるものだし。でも、何億光年も離れた星の光が届くのは、幅を持つ波動性のおかげだから。波のように宇宙を漂ってここまで来た光が、俺たちの観測によって星になるんだよな」

「先輩ってロマンチストですよね」

「物理学者はみんなそうなんだよ」

恥ずかしさを見せることもなく笑って、月也は右手を下ろす。ズボンから加熱式タバコを取り出した。口へと運ぶ横顔に、陽介はマスクを忘れたことに気が付いた。

まあ、いいだろう。

ここには今、二人しかいないのだから。

「母さん……清美さん、今回の件が相当ストレスになったみたいでさ。切迫流産で病院送りになったよ。親父的にはそっちの方がビビったみたいだな、二度と帰ってくるなって。願ったり叶ったりだよな」

ひゅうっと、星の瞬きに白い煙が泳いだ。

「でも。ちゃっかり百五十万の借用書は書かせやがって。そこにさ、俺と親父の名前が並んでんの。その筆跡がそっくりでさ、なんだかなぁって……」

「……」

「ああ、親子なんだなって」

月也は軽い調子で笑ってみせる。その声はどこか震えていて、陽介は唇を噛んだ。いっそう大きく目を開けて星を見つめた。

親と子。

事情がない限りは選ぶことのできない関係性。あらゆるものが境界を曖昧にする中で、こればかりははっきりと隔てられている。

子は親になれず、親は子になれない。

だから、相容れないのかもしれない。相補性も働かず、対立するのかもしれない。違うものだと、同じものにはなれないと、主張せずにはいられなくなるのかもしれない。

だから……縛ろうとするのかもしれない。

背中合わせの関係性ではないから。手を伸ばしつながるか、突き飛ばし拒絶するか、意思で向き合わなければならない。

「すげぇムカついたんだけど。借用書なんて薄っぺらいつながりでも、なんかほっとしたんだよ。そんな自分にすげぇムカついた」

「先輩……」

「ちょっと喋り過ぎたな」

「まあ、星の下ですから」

「日の下だけどな」

ほら、と月也の白い指先が東の空を示す。

山に囲まれたこの町は、少しばかり日の出が遅い。それでももう、曙《あけぼの》色が広がり始めている。夜の終わりだ。宇宙の紺青色から地球の空色へ。移ろい、一日が始まる。

夜が明ける――

「陽介」

「はい」

「帰ろう。俺たちの場所へ」

はい、と陽介は深く頷く。そうして、高校時代を過ごした場所に背を向けた。〈夢にはばたく像〉を過ぎた時、どうして月也がここに呼んだのか、分かった気がした。

二人の始まりの場所だったからだ。

ここから、歩き出すのならば……陽介は一歩前に出て、月也を振り返った。

「行きましょう。僕たちの場所へ」

＊ソーラーエクリプス［solar eclipse］日食

エピローグ

「だから！　洗濯はしろって言ったでしょう！」

叫び、陽介は何枚目になるかも分からないボクサーパンツを洗濯ばさみに挟んだ。いつものベランダの半分は、とっくにシャツとタオルで埋まっている。案の定、危うげな長袖は単なるものぐさの証拠だったわけだ。

「いいじゃねぇか。ゴミは出しといたんだから」

「虫が嫌なだけでしょう！」

「あー、やっぱお前ってうるせぇわぁ」

室外機のそばに戻したアイアンチェアで脚を組み、月也はぷかりとタバコの煙を吐き出す。陽介は拳を握りしめ、一発お見舞いしてやろうかと構えたが、それで洗濯物が減るわけではないと、何足目か分からないソックスを手にした。

九月六日。

祭りの騒動翌日には、一緒に戻っていったことを、親たちはどう思っただろうか。かえっていつも通りだったからこそ、単なる喧嘩に過ぎなかったと思わせたかもしれない。

「そういえば、あの示談金。いいえ、借金。僕もちゃんと返済手伝いますから」

「は？　あんなん踏み倒すに決まってんだろ」

「ああ……」

そうだった、と陽介は裏返ったシャツを戻しながらため息をついた。それが桂月也だ。

真面目に返済するわけがなかった。

「僕もまだ、先輩を分かってませんね」

「まったくな」

「あ、やっぱり違いますね。返しちゃったら関係が切れちゃうから、返したくないんでしょう？」

「はあ？　そこは、どうせ殺してやるんだから返す義理もない、じゃねぇのかよ」

「変わらないなぁ」

「お前はどうなんだよ」

「僕は……」

襟まわりがよれたTシャツにハンガーを通しながら、陽介は軽く首をかしげた。

何か、分かりかけたような気もする。結局、何も分かっていないような気もする。それは表裏一体で、相補的で、気分次第のような曖昧なものだからかもしれない。

「僕は、変わりましたよ」

「へぇ？」

「もう、高校生じゃありません」

ふふん、と笑って陽介はハンガーを物干し竿にかける。幼い日の自分が届かなかった場所も、今なら届く。料理だけではなく、洗濯物も、掃除も、手助けできるだろう。

けれど、「助けたい」と思っているものは一つだけだ。

誰に対しても平等であるつもりはない。手を伸ばす相手は、自分の心で決める。「特別」だと思えるものを、素直に、大切にしていく。

いつの日か、「日下」を継ぐ日が来るとしても。

あるいは、そんな未来などないのだとしても。

「あの……」

ソックスをつまんで、陽介は一度開きかけた口を閉じた。

――僕を信じてくれますか？　先輩。

頭の中に浮かんだ問い掛けを、ソックスと一緒に洗濯ばさみへと吊るして手放す。きっと月也は素直には答えない。それを分かっているという関係性に満足して、陽介はいつものように、自分勝手に伝えることにした。

「何があっても、月也先輩は僕の家族ですから」

「……死にたがりでよければ、よろしく頼むよ」

目を見開いて、陽介は月也を振り返った。気恥ずかしそうに煙を吐き出す彼に大きく頷いて、最後のタオルを洗濯ばさみでとめた。

「じゃあ、まずは買い出しに行きましょう」

微笑む。

今日の夕飯は何にしようか。考える背後で洗濯物が揺れる。風はまだ熱を帯びているけれど、からりと乾いている。空は高くなり、イワシ雲の気配もある。

遠雷の季節が終わっていた。

（終）

※葬儀のしきたりの一部、「空の神楽」は著者のオリジナルです。
ステンドグラスのある神社は、青森県にある「三戸大神宮」をモデルにしました。

【参考文献】
『量子論の果てなき境界―ミクロとマクロの世界にひそむシュレディンガーの猫たち―』著者・クリストファー・ジェリー／キンバリー・ブルーノ　訳者・河辺哲次（共立出版）
『時間の終わりまで　物質、生命、心と進化する宇宙』著者・ブライアン・グリーン　訳者・青木薫（講談社）
『ビジュアルワイド図説生物』（東京書籍）
『神道の逆襲』著者・菅野覚明（講談社現代新書）
『実在とは何か　量子力学に残された究極の問い』著者・アダム・ベッカー　訳者・吉田三知世（筑摩書房）
『シャーロック・ホームズの思考術』著者・マリア・コニコヴァ　訳者・日暮雅通（早川書房）
『色の名前』監修・近江源太郎　構成・文・ネイチャー・プロ編集室（角川書店）

【参考サイト】
『nippon.com』２０２０年７月日本の出来事
https://www.nippon.com/ja/news/q202007/
『大幸薬品』感染症とは何?
https://www.seirogan.co.jp/fun/infection-control/infection/disease.html
『大阪大学微生物病研究所』微生物病研究所からのコロナウイルス情報：ウイルス検出法
http://www.biken.osaka-u.ac.jp/news_topics/detail/1092

『MEDIUS HOLDINGS』今さら聞けないＰＣＲ検査のイロハ
https://www.medius.co.jp/asourcetimes/14-2/
『阪神甲子園球場』２０２０年甲子園高校野球交流試合
https://www.hanshin.co.jp/koshien/highschool/summer2020/summary.html
『ＮＨＫ　特設サイト新型コロナウイルス』
https://www3.nhk.or.jp/news/special/coronavirus/
『西野神社　社務日誌』神職の装束
https://nisinojinnjya.hatenablog.com/entry/20150827
『宇都宮大学』入学料・授業料
https://www.utsunomiya-u.ac.jp/convenient/campuslife/tuition.php

【謝辞】
おがわみわ様（アクセサリー作家）　https://llllllooo.ooo/
前作「部屋に降る七時前の雨」をモチーフに、美しい指環を贈ってくださいました。
感謝の気持ちを、ここに残させていただきたいと思います。

本作は書き下ろしです。
本作品はフィクションです。実際の人物や団体、地域とは一切関係ありません。

TO文庫

死にたがりの完全犯罪と
祭りに舞う炎の雨

2022年9月1日　第1刷発行

著　者　山吹あやめ
発行者　本田武市
発行所　TOブックス
〒150-0002 東京都渋谷区渋谷三丁目1番1号
PMO渋谷Ⅱ　11階
電話 0120-933-772（営業フリーダイヤル）
FAX 050-3156-0508

フォーマットデザイン　金澤浩二
本文データ製作　TOブックスデザイン室
印刷・製本　中央精版印刷株式会社

Printed in Japan ISBN978-4-86699-656-1